Abdelmadjid Adour

Pêle-mêle Kabyle

Abdelmadjid Adour

Pêle-mêle Kabyle

Éditions Muse

Impressum / Mentions légales

Bibliografische Information der Deutschen Nationalbibliothek: Die Deutsche Nationalbibliothek verzeichnet diese Publikation in der Deutschen Nationalbibliografie; detaillierte bibliografische Daten sind im Internet über http://dnb.d-nb.de abrufbar.

Alle in diesem Buch genannten Marken und Produktnamen unterliegen warenzeichen-, marken- oder patentrechtlichem Schutz bzw. sind Warenzeichen oder eingetragene Warenzeichen der jeweiligen Inhaber. Die Wiedergabe von Marken, Produktnamen, Gebrauchsnamen, Handelsnamen, Warenbezeichnungen u.s.w. in diesem Werk berechtigt auch ohne besondere Kennzeichnung nicht zu der Annahme, dass solche Namen im Sinne der Warenzeichen- und Markenschutzgesetzgebung als frei zu betrachten wären und daher von jedermann benutzt werden dürften.

Information bibliographique publiée par la Deutsche Nationalbibliothek: La Deutsche Nationalbibliothek inscrit cette publication à la Deutsche Nationalbibliografie; des données bibliographiques détaillées sont disponibles sur internet à l'adresse http://dnb.d-nb.de.

Toutes marques et noms de produits mentionnés dans ce livre demeurent sous la protection des marques, des marques déposées et des brevets, et sont des marques ou des marques déposées de leurs détenteurs respectifs. L'utilisation des marques, noms de produits, noms communs, noms commerciaux, descriptions de produits, etc, même sans qu'ils soient mentionnés de façon particulière dans ce livre ne signifie en aucune façon que ces noms peuvent être utilisés sans restriction à l'égard de la législation pour la protection des marques et des marques déposées et pourraient donc être utilisés par quiconque.

Coverbild / Photo de couverture: www.ingimage.com

Verlag / Editeur:
Éditions Muse
ist ein Imprint der / est une marque déposée de
OmniScriptum GmbH & Co. KG
Heinrich-Böcking-Str. 6-8, 66121 Saarbrücken, Deutschland / Allemagne
Email: info@editions-muse.com

Herstellung: siehe letzte Seite /
Impression: voir la dernière page
ISBN: 978-3-639-63589-8

PÊLE-MÊLE KABYLE

Auteur: Abdelmadjid ADOUR

1/ ENCORE

C'est un retraité de chez moi, à Bejouira, qui n'a jamais été à l'école parce qu'au temps de sa jeunesse ce n'était même pas envisageable pour sa catégorie sociale d'indigène sous le joug de la colonisation française. Vers les années cinquante, en effet, c'était la guerre et la misère et les parents gardaient leur progéniture sous la main, à la maison, pour aider les grands, au champ, à pouvoir trouver la subsistance! Les travaux agricoles et d'élevage ne manquaient pas, il fallait des bras et l'école lorsqu'elle était accessible n'était ni plus ni moins qu'une « entrave » pour la vie courante de ces familles.

Rares étaient ceux qui pouvaient accéder aux bienfaits de l'école coloniale d'alors et lui n'a pas fait partie des heureux élus. Malgré cela, notre retraité aime la langue française, le fait d'en user lui donne, est-il convaincu, un certain statut, un certain niveau ! Il a émigré tout jeune du coté de Grenoble (Grinouv' pour lui) à un moment donné mais n'est pas resté trop longtemps en France: il avait profité à l'époque de l'aide au retour que fournissait l'état et il est revenu refaire sa vie chez lui. Bien que la langue de Molière, les circonstances aidant, ait refusé de s'épandre correctement en lui, il aime souvent, malgré ce handicap certain, l'utiliser dans sa locution de tous les jours en complément, parfois abusivement, à sa langue maternelle, le kabyle.

Il utilise le français à sa manière, comme il le comprend et comme il a appris à le prononcer gauchement, et de façon fausse et grossière, veule, déplacée et incompréhensible par moments. Par exemple, au chantier, lorsqu'il travaillait à Grenoble, il prononçait : « m'sieur Dicat....Tivena, di camiou » au lieu et place de : « Monsieur Decat, faites nous ramener dix camions de tout-venant »

Pour tout dire, notre ami « parle le français en Bejouirien local », si cela peut se dire ainsi.

Ses amis, de temps à autre, l'appellent, un peu péjorativement mais sans méchanceté «Zoseph» à cause de son penchant déclaré et tenace à vouloir vivre cette culture française universelle en parallèle avec sa propre culture Kabyle. Car loin de s'en tenir à parler la langue, Zoseph se déclare par ailleurs non seulement francophone mais aussi francophile à fond.

Par exemple lorsqu'il va acheter le moindre ustensile pour la maison, il ne peut prendre autre marque que ce qui porte la mention « made in France » Ceux-là, orientalistes jusqu'au bout des ongles, le traitent méchamment de traître à la nation, de « hizb frança » et lui promettent un jour de lui faire avaler sa langue.....

Le mot : « encore » est la source du problème du jour de Zoseph. Jugez-en: La femme de Zoseph est complètement illettrée mais ne fait aucun effort pour apprendre le français malgré les multiples tentatives de son mari qui s'est pourtant proposé à moult reprises de faire l'instituteur pour la circonstance. Ce jour-là Zoseph, qui aime bien bricoler chez lui lorsque le temps le lui permet, devait crépir un mur de son jardin qui est resté nu depuis longtemps. C'était une difformité qu'il se devait de corriger et jusqu'à ce jour-là, il en a toujours reporté l'échéance.

Il avait tout préparé pour la circonstance: le sac de ciment, le tuyau d'eau, le sable lavé...

Il se mit donc en devoir de préparer le mortier : c'est simple il n'avait qu'à mélanger le ciment et le sable d'abord à sec puis à rajouter de l'eau pour obtenir un mortier plus ou moins liquide, en fonction du besoin du jour.

Il mélangea d'abord tout seul à l'aide de sa pelle fétiche qu'il avait ramenée de « là-bas, chez neu, à Grinouv (Grenoble)» et qui porte, bien sûr, le sigle « made in France » le mortier à sec mais pour y rajouter de l'eau de manière mesurée, il fit appel à sa femme pour l'aider.

Tout à coup, Des cris fusèrent dans la rue, près du jardin du retraité Zoseph, maçon pour la circonstance.

La femme de Zoseph poussant désespérément la grille s'est mise à fuir son mari en criant « au secours ».

Et Zoseph de suivre en courant derrière elle et en vociférant dans son français propre :

-« Ispice de salou, ata que j'tatrap » !

Tiens, tiens, le couple s'est encore mis à se chamailler, observèrent des voisins curieux réunis dans un coin de la rue.

L'un d'eux alla à la rencontre de Zoseph et essaya de le contenir, de le raisonner (Zoseph, bien sûr, n'attendait que ça) pour qu'en fin ce dernier se calme en expliquant à son voisin :

-C'est à cause de l'eau ! Ma femme est venue m'aider à faire le mortier et au lieu de cela elle ne fait que me provoquer et m'agacer! Moi je lui dis : « encore » pour arrêter déverser de l'eau et elle, au lieu de cela, elle en rajoute! Je lui dis « encore », elle en rajoute, « encore », elle en rajoute ! Tu te rends compte, cette imbécile d'illettrée. Je lui ordonne « encore » pour arrêter de verser de l'eau sur le mortier déjà trop liquide et elle, elle fait exactement le contraire.

Et alors je vais lui dire deux mots, de sorte à ce qu'elle sache bien dorénavant que « encore » en français veut dire : arrête, stop, ne rajoute pas de l'eau !!!

Ah que c'est dur pour quelqu'un d'épouser une ignare d'analphabète !

2/ LE MARCHE HEBDOMADAIRE

C'est le grand marché hebdomadaire pas loin de chez moi, à Bejouira et je trouve un immense plaisir à m'y rendre, chaque lundi, tôt le matin.

Il est compartimenté et on y trouve aussi bien des voitures d'occasion que des camions, des bus, des tracteurs pour l'agriculture, des pièces détachées d'occasion ou neuves pour tous genres de véhicules dans une aire séparée, que des vêtements, des fruits et légumes, des volailles, des chiots de race, et j'en passe et des meilleures, chaque catégorie de produits étant disposée dans une surface distincte.

Actuellement, coté véhicules de tourisme par exemple les coréennes, les japonaises et tout récemment encore les chinoises ont la côte. Alors qu'avant, à l'époque de la monopolisation du marché par les marques françaises,   lorsqu'on voulait dire « véhicule »   ou « voiture » on disait machinalement « une Peugeot » ou « une Renault », ces derniers temps ces deux marques françaises tendent à devenir, non plus une référence mais un souvenir.

Mon constat fait coté voitures, j'ai changé de compartiment et j'ai été voir du côté des pièces détachées pour véhicules : ma foi, c'est édifiant !

Des voitures entières en pièces détachées sont exposées là à même le sol et on peut facilement reconstituer presque entièrement un véhicule de n'importe quelle marque. On peut demander aux vendeurs présents la plus infime des vis de la marque la moins connue, ils vous répondront toujours : oui, c'est disponible.   Quant au prix, c'est selon…… l'humeur du moment et la tête du client.

Il y a bien sûr de quoi se demander si ce n'est pas là que viennent finir leurs jours toutes ces voitures volées à longueur de temps sans que personne ne les retrouve jamais.

Voler ? À Bejouira ?
Non mais hooooo !!
Un peu plus loin, une autre place est réservée aux fruits et légumes : ce n'est pas du tout l'abondance et d'habitude les étals sont bien mieux achalandés. L'explication est simple : à l'approche de chaque occasion particulière, fêtes, ramadhan, il faut « peaufiner » sa politique de commercialisation : raréfier les marchandises pour mieux monter les prix et se remplir les poches.

Toujours est-il que senteurs et parfums de légumes frais et de fruits de saison (pommes, bananes, grenades, melons, pastèques et même ananas, kiwis etc.) sont bien là omniprésents à vous titiller les narines tout en postulant à gratouiller vos poches.

Plus loin tout un étalage d'épices exposées dans des bacs à même le sol: du fenugrec au poids, au gingembre brut ou en poudre, aux amoncellements rouge vifs de piment moulu, au jaune orangé si caractéristique du safran en tas, bref un festival de couleurs et de fragrances qui attirent l'œil et l'odorat.

Un peu plus en amont encore, le marché aux animaux d'appartement : perruches bleu tendre et rouge vif en cages et autres oiseaux exotiques, chiens de toute race et de tout âge, lapins en cage, poulets de ferme, cailles et j'en passe et des meilleures. Dans le coin réservé aux chiens il y a bien sur ceux qui ont actuellement la côte des acheteurs les bergers allemands ou belges et les pitbulls. Un tout petit et mignon chiot est tenu dans un carton par un adolescent. De plus près on peut constater que ce devait être à la corpulence un chien de chasse mais un fait remarquable se dégage

7

rapidement à l'examen de la bête : le chiot avait les oreilles coupées à ras. Le ravage fait aux oreilles du chien était affligeant car les oreilles ont dû être coupées gauchement juste à la naissance et les plaies bien que guéries formaient une bien moche cicatrice.

La raison de cette boucherie : le jeune vendeur veut faire croire que le chiot était de la race des pitbulls qui eux ont de petites oreilles. Comme quoi être criminel, cela s'apprend tout jeune.

Un cran plus haut on retrouve les vendeurs à la criée de produits de dératisation et autres insecticides et on peut noter le discours bien singulier de l'un d'eux :
-Achetez-moi cet anti-rat ; il est formidable, en moins de deux le rat qui aura consommé ce produit chez vous ira mourir chez votre voisin. Quel beau cadeau pour votre voisin, n'est-ce pas ? Achetez mon anti-rat…..

Un vendeur de jouets pour enfants interpelle dans son haut-parleur les enfants qui accompagnent leurs parents :
-Pleurez, pleurez fort à l'intention de vos parents….si vous voulez avoir de beaux jouets.

Il faut remarquer, la communication étant très importante pour vendre, que le discours en arabe passe beaucoup mieux non seulement d'ailleurs au sein de ce souk mais en toute autre circonstance à Bejouira. Les Kabyles, on ne sait pour quelle raison sont toujours asservis à la langue arabe, au détriment de leur langue maternelle, le Kabyle : à ne rien y comprendre.

Et là ce sont les charlatans guérisseurs, vendeurs de merveilles illusoires et capables « de guérir tous les maux ». Ils jurent par tous les sains que leurs médicaments peuvent soigner aussi bien le diabète que les problèmes de prostate que l'hypertension, les maux de dents, l'excès de cholestérol etc.... des produits toujours « miracles » Et pour mieux faire passer la pilule, ils vous citent mille versets du livre saint, le coran.

Un prestidigitateur s'affaire à discuter de vive voix avec une colombe qu'il vient juste de sortir de son chapeau : là au moins les enfants qui accompagnent leurs parents s'en donnent à cœur joie. Puis le prestidigitateur fit pondre des œufs de poule à l'un des badauds pris au hasard dans la foule, sous le rire franc des spectateurs présents.

Et là vient de passer le distributeur de thé ou café : équipé de verres dans un sac en bandoulière et d'une soupière fumante dans sa main : il vous sert en marchant et à vous de choisir thé à la menthe fraîche ou café maison. Les verres sont jetables bien sûr.

A côté un gosse en guenilles, visiblement déguisé pour la cause vous tend la main : vous êtes apitoyé, attendri et vous lui donnez quelques sous mais juste un peu plus loin une autre fillette vous attend, main tendue ou alors une famille entière autour d'une maman en guenilles et vous déboursez encore un peu, convaincu de votre bonne action.

Un peu plus loin encore une femme assise par terre tenant son bébé vous fait le même signe quémandeur et vous essayez encore de trouver quelque monnaie à lui octroyer; mais vous commencez à devenir un peu plus rétif en constatant que ce métier de mendiant prolifère à vue d'œil et devient même quelque chose de tout à fait organisé. Et vous constatez que même en dehors du grand marché hebdomadaire, c'est toujours le même genre de personnes qui s'approprient les rues, les abords de mosquées et les marchés et qui font de mendier un vrai métier.

Vous n'en revenez pas lorsque, plus loin en avançant dans le marché vous découvrez cet autre désolant "spectacle" de mendicité.

Alors là, vous vous révoltez contre cette nature injuste qui fait que des personnes souffrent et vous vous dites : « j'aurai du garder tout ce que j'ai donné aux autres mendiants pour tout remettre à cette pauvre jeune fille qui vous fend le cœur ». En effet, une jeune fille d'environ 24, 25 ans, en guenilles est amenée là pour mendier…sur une civière. Elle est étendue, la pauvre, de tout son long et son buste est juste assez rehaussé pour lui permettre de relever la tête et de regarder les gens de ses yeux troubles, émouvants et bouleversants. Devant elle, le papier « faisant foi », c'est-à-dire un certificat médical, est déposé bien en vue des passants qui seront encore plus apitoyés par l'état de la mendiante grâce à cette autre preuve écrite.
Son bras, retenu à sa nuque par des attelles est recouvert entièrement de plâtre et laisse deviner une fracture grave.

Vous baissez les yeux lorsque vous constatez que sa robe déchirée au niveau de son buste laisse paraître une partie de son beau et jeune sein. Quelle situation gênante et douloureuse : vous faites pour le mieux et vous donnez le maximum.
Dès lors, la visite du souk devient un peu pesante et vous commencez après coup à sentir le désir de vous en aller…….

J'ai continué quand même à vadrouiller ainsi et je me suis rendu vers le coté ou on vend le luxe : bijoux de fantaisie, soies froufroutantes et robes de mariées invendues qui peuvent bien trouver preneur car c'est la saison des mariages et cela dure, le beau temps aidant jusqu'à la fin de l'automne. Que de couleurs rose chatoyant et crevette. Que de parfums enivrants.

Quel plaisir, un peu plus loin, au détour d'un carré, de trouver enfin des…..Livres ! Pauvre culture, tellement chancelante à Bejouira qu'elle tend à devenir le parent pauvre de la société.

Et là une librairie ambulante ose proposer des titres qu'il est inimaginable de trouver en ville.

Car les librairies classiques et autres bibliothèques, lorsqu'elles existent, ne peuvent proposer que ce qui leur est permis de présenter : c'est-à-dire ou bien les livres religieux d'origine orientale ou alors les recettes de pâtisserie ou de cuisine. Quel étonnement de trouver là des livres à des prix très abordables, un peu écornés certes mais parfaitement lisibles du genre : « L'Algérie des anthropophages » ou « Nedjma » de Kateb Yacine ou encore « L'étranger » d'Albert Camus etc.

J'ai tellement apprécié me balader ainsi que je ne me suis pas rendu compte que le temps passait vite : il était midi, déjà. Je rebrousse chemin et décide de rejoindre le parc payant ou j'ai garé ma voiture : je devais m'en aller, satisfait de ma journée, rassasié d'avoir tant vu et d'avoir acheté quelques livres.

Le seul bémol c'est bien cette vision de la jeune femme mendiante au bras cassé, si pathétique de tout à l'heure. Le grand hic c'est que j'étais obligé de devoir repasser exactement par le même endroit et je devais dès lors forcément la revoir de nouveau. C'était un peu un calvaire pour moi, tellement sensible que j'étais à sa condition. Si je pouvais, j'aurais préféré, vraiment prendre un autre chemin de retour. Et pourtant j'y suis allé de mauvaise grâce, sachant que l'autre issue est trop détournée.

Arrivé à l'endroit en question quelle ne fut ma surprise de voir la jeune mendiante qui était tout à l'heure allongée pitoyablement sur sa civière, bel et bien debout maintenant. Elle a bien réajusté ses vêtements. La partie de son sein n'était plus

visible négligemment exposée tout à l'heure au regard inquisiteur des gens. Les attelles qui retenaient son bras à sa nuque avaient disparu et un monsieur muni d'un gros sécateur du genre de celui qu'on utilise en jardin, s'affairait à......découper et enlever d'une main de maître le plâtre enroulé autour du bras de la jeune fille!!
Curieux et un peu désorienté j'observais la scène.

Je devais réfléchir intensément pour bien comprendre la situation se résumait en une mise en scène faite là dans le but évident de soutirer le maximum d'argent aux passants.

Ainsi donc, je réalisais que le plâtre autour du bras de la jeune fille était bien réel mais qu'il était mis là dans le but de faire croire que le bras était cassé, dans le but, bien sûr d'apitoyer. Puis, le marché étant terminé, la mise en scène aussi n'avait plus raison d'être, l'heure est au comptage de la caisse. Et cette supercherie devait être bien rentable. Quelle tartufferie !

3/ L'AMAZIGH ET LE VOLEUR

Aatar est un commerçant Kabyle ambulant qui va de village kabyle en village kabyle proposer toute une panoplie d'ustensiles et autres produits à la vente. Il fait du porte à porte et ainsi, au fil des années il s'enrichit et son entreprise devint florissante. C'est un grand gaillard, bien portant avec un physique imposant car le fait de beaucoup marcher et de soulever souvent des charges même s'il utilise un mulet pour le transport de ses articles contribua à faire de lui un sportif endurant.

Un jour qu'il allait traverser une rivière au niveau d'un guet, il remarqua qu'un voleur bien chétif en apparence, le suivait de près et attendait, comme un charognard, que se présente l'opportunité de lui soustraire quelques marchandises.

Le sang d'Aatar ne fit qu'un tour, il prit peur et oublia qu'il pouvait aisément se défendre grâce à son gabarit qui n'aurait fait qu'une bouchée du maigrichon voleur. Il souleva le mulet transportant les marchandises, hissa le tout sur ses épaules et traversa en courant le guet. Il ne se retourna qu'une fois la rivière entièrement franchie et respira un bon coup après avoir déposé le mulet et son chargement à terre. Il fut soulagé en voyant le voleur éberlué repartir dans l'autre sens. Le voleur n'en revenait pas. Il hâtait la marche et se dit « tant de force aurait pu m'anéantir en un tour de main »

Imazighens sont capables de soulever des montagnes, ils en ont les moyens, ils sont intelligents, ils sont nombreux, et pourtant ils regardent leur langue se faire tuer à petit feu par une autre langue. Je ne comprends pas..........

Je vous invite à lire ces citations on ne peut plus manifestes de KATEB YACINE :
« On croirait aujourd'hui, en Algérie et dans le monde, que les Algériens parlent l'arabe. Moi-même, je le croyais, jusqu'au jour où je me suis perdu en Kabylie. Pour retrouver mon chemin, je me suis adressé à un paysan sur la route. Je lui ai parlé en arabe. Il m'a répondu en tamazight. Impossible de se comprendre. Ce dialogue de sourds m'a donné à réfléchir. Je me suis demandé si le paysan kabyle aurait dû parler arabe, ou si, au contraire, j'aurais dû parler tamazight, la première langue du pays depuis les temps préhistoriques... »

Kateb Yacine, Les Ancêtres redoublent de férocité, Bouchène/Awal, Alger, 1990.

« L'Algérie arabo-islamique est une Algérie contre-nature, une Algérie qui est contraire à elle-même. C'est une Algérie qui s'est imposée par les armes, car l'islam ne se développe pas avec des bonbons et des roses, il se développe avec des larmes et du sang. Il croît dans l'oppression, la violence, le mépris, par la haine et les pires humiliations que l'on puisse faire à l'homme. »
Kateb Yacine, interview au journal Awal 1987)

PRÉSENTATIONS:

Il y a ceux parmi les miens hauts placés qui ont pratiquement tout ce qu'ils veulent par le pouvoir et arrivent même à acheter « l'amitié » là où ils le désirent en organisant des soirées mondaines ou des cercles de conférences sécurisées au maximum, entre autres..

Moi je ne peux ni acheter ni me procurer gratuitement cette amitié. Je me sens bien gêné par cette fausse, injustifiée et déplacée renommée d'égorgeur, prétexte stupide qui m'empêche d'avoir des amis là où j'aspire à en avoir.

Je suis de Bejouira, un patelin par où toutes les civilisations du monde sont passées à telle époque ou telle autre. Toutes les religions du monde aussi et tous les peuples : les Phéniciens, les Vandales ou Wisigoths (5 siècles avant JC déjà), les Romains, les Carthaginois, les Arabes Banou Hillel, les Turcs, et enfin les Français qui ont tout abandonné 132 ans après leur venue.

Parmi toutes les colonisations qui se sont succédé, celle qui a marqué Bejouira c'est la présence de Hilaliens Arabes venus derrière l'étendard d'une religion musulmane qui prônait la paix, le bonheur et la fraternité mais qui s'est fait rejoindre juste derrière (7eme siècle) par des hordes de pilleurs destructeurs ravageurs qui n'avaient rien à voir avec le message de paix préconisé par la religion qui les précédait.

Selon les écrits d'Ibn Khaldoun et d'Ernest Mercier, avant de venir chez moi à Bejouira, ils parcouraient en nomades tout le Hedjaz et s'avançaient jusqu'en Irak et en Syrie. Leur état normal était le brigandage, complément qu'ils jugent naturel de la vie nomade. Ils ne manquaient aucune occasion de se lancer dans le désordre qu'ils aiment adopter et provoquer. Ils prêtaient leur appui à tous les agitateurs et rançonnaient les caravanes, sans même respecter celle que le khalife de Bagdad envoyait chaque année pour porter ses présents à la Mecque.

Le Khalife Fatimide El Aziz, décida de transporter au loin les turbulents nomades qui lui causaient tant d'ennuis et par son ordre les tribus des Hilal et des Soleim furent transportées en masse en haute Égypte et cantonnées sur la rive droite du Nil. Le danger fut donc écarté pour les Fatimides mais cette concentration sur un espace restreint au cœur de l'Égypte ne tarda pas à devenir une cause d'embarras et le pays devint rapidement invivable avec ces nouveaux venus qui ne savent ni travailler la terre ni pêcher le poisson mais qui sont si qualifiés et qui se connaissent tellement en brigandage permanent de sorte à rendre la vie impossible aux riverains.

Une situation qui dura plus de cinquante ans jusqu'à ce que ces hôtes incommodes furent lancés sur la Berbérie et sur Bejouira.

Ils s'installèrent insidieusement soit par la force soit par un système d'alliances douteuses avec les gens qu'ils trouvèrent à Bejouira

Ainsi ils prirent de belles et sublimes femmes blondes aux yeux bleus, descendantes des Berbères mais aussi, en bien plus petit nombre, des valeureux Wisigoths, peuple germain du sud de la Baltique qui migra au 3ème siècle, pilla la Gaule au début du 5èmè siècle et vint s'établir en Afrique du Nord. Alors, naquirent et naissent encore d'ailleurs en nombre des enfants métissés, au sang et aux traits Hilaliens mais à l'intelligence Bejouirienne et leur nombre s'accrut rapidement.

.

Toute cette incursion dans l'histoire de Bejouira pour expliquer qu'à Bejouira il n'y a jamais de ces escroqueries ordinaires en tous genres, jamais de corruption, jamais de mensonge ou de mystification, jamais de forfaiture ou de déloyauté, le paradis sur terre quoi !!.

Et moi, j'y suis en plein…… dans ce paradis.

Un autre élément indéniable qui compose la société de Bejaia s'est formé au fil du temps grâce aux mixtions résultant des mariages interethniques.

On a l'habitude d'affirmer que 99 % des germes d'un corps humain s'apparentent plutôt vers l'oncle maternel dès la naissance.

Ainsi, dans ce cas, le comportement est tout aussi naturellement maternel sournois mais avec en plus l'intelligence et la fourberie naturelle paternelle.

Explosive alliance que ces personnes au sang-mêlé difficilement reconnaissables qui ont juré de ne vivre que des magouilles, des fourberies, du mensonge et des tromperies qui sont naturellement investies en leur moi profond. Ils se reconnaissent mutuellement comme se reconnaissent les chacals ou les loups et savent se prêter main forte en cas de besoin. Ils savent se retrouver pour lancer des opérations comme ils faisaient du temps où ils se concertaient pour piller les caravanes. Ils utilisent en général dans leur diplomatie diabolique, la finesse et le charme angélique d'apparence qui se cachent derrière l'esprit malin de leurs femmes tout aussi démoniaques en réalité. Et ils mettent ainsi les femmes en avant lorsqu'il s'agit de profits à récupérer mais se montrent avec arrogance dès qu'ils sont parvenus à leurs fins, pour replacer la femme dans son rang de seconde zone.

Par contre un Kabyle de souche ne peut prétendre, tout aussi naturellement, gagner sa vie que par la sueur de son front ou par l'intelligence et la créativité qu'il utilise à des fins de produire des biens et ainsi de gagner honnêtement sa croûte. Son comportement vis-à-vis de la femme est exemplaire de respect et de reconnaissance mais cette catégorie, malheureusement est en train de perdre du terrain.

4/ FAUT PAS POUSSER…..

Si Ahmed, est un immigré heureux.

Il est encore plus heureux lorsqu'il vient au bled, à Bejouira pour les « facances »

Cette année il a ramené une belle voiture, une Renault « Laguna » qu'il a acheté dans une vente aux enchères. Bien sûr, une fois devenue sa propriété, les papiers établis, il l'a prise chez un garagiste de Narbonne qui l'a rafistolée un peu et remis son moteur à neuf…..

Et le voilà sur la route à une seule voie de Bejouira avec toute sa famille dont sa femme à qui il adressa une sèche remontrance tout au départ déjà car elle gigotait sur son siège et avait apparemment d'énormes difficultés à bien se mettre en place:

-Tu n'as qu'à la tirer et la déployer de tes mains puis la mettre entre tes seins et enfin la rentrer dans la fente.

La bonne femme n'en croyait pas ses oreilles et devint rouge de colère.

-Quoi ? C'est vraiment pas le moment répondit-elle, éberluée.

-Mais tu n'as encore une fois, rien compris ; je te parle de la ceinture de sécurité. A quoi donc d'autre peux-tu bien penser ? ….

L'incident fut vite clos et voilà la Laguna prendre ses aises sur l'asphalte de la route.

Si Ahmed conduit sereinement jusqu'à la bretelle qui permet d'entrer en autoroute.

Et là, tout allait changer…..

A un moment donné il fut rejoint par des motards qui se sont arrêté tout près de lui assez étonnés de voir une aussi belle voiture se faire pousser par les enfants et la femme du conducteur :

Une panne se dirent-ils ?

-On peut peut-être bien vous aider à trouver la panne, au lieu de pousser une aussi belle voiture….. S'adressèrent-ils au conducteur.

-Mais non, rassurez-vous, répliqua Si Ahmed, la voiture n'est pas en panne, lorsque je l'ai achetée et remise à neuf « là-bas chez « neux », à Narbonne », le garagiste m'a recommandé de rouler pendant le rodage à 50km à l'heure en route normale mais de la « pousser un peu lorsque c'est l'autoroute ». Alors je fais comme il dit, je la pousse avec les enfants.

5/ CRUAUTÉ HUMAINE, DITES-VOUS ?

La mante religieuse utilise un « subterfuge » pour le moins étonnant et cruel pour se rassasier: c'est pendant la relation sexuelle, au moment de la félicité atteinte par son amant qu'elle dévore celui-ci en commençant à le grignoter par la tête. Ah, l'amour…..mortel !

D'autres cas tout aussi barbares peuvent être observés chez les animaux mais l'homme aussi est-il si cruel ?

Les égorgeurs ne manquent pas, les bombes font leur sale besogne à distance, lancées depuis les airs avec, dit-on, une précision chirurgicale, les assassinats, les enlèvements contre rançon et j'en passe et des meilleures.

Selon Wikipédia, voici, de triste et abominable réputation la méthode utilisée par les nazis dans leur système de mort des chambres à gaz :

« une fois les portes fermées, un officier ss versait les cristaux de Zyklon B par des ouvertures dans le toit qu'il obturait ensuite par des dalles en béton. La mort survenait progressivement après 6 à 20 minutes de convulsions et d'étouffement. »

Toujours selon Wikipédia, il y a eu un peu moins de trois millions de Juifs et des milliers de Tziganes tués ainsi. Au début du 21ème siècle, des chambres à gaz seraient encore utilisées pour assassiner des êtres humains en ....Corée du Nord.

Pourtant, à ces chambres à Gaz, il y a eu un ancêtre et cela s'est déroulé en Algérie, lors de la colonisation française, sauf que les moyens n'étaient pas aussi « sophistiqués »

Selon le site de l'université de Laval qui retrace l'histoire de l'Algérie colonisée, (je cite) :

« Les Français se livrèrent à la guerre bactériologique en empoisonnant les puits, sans parler de la destruction systématique des cultures. Le général Thomas-Robert Bugeaud (1784-1849), par exemple, organisa de façon systématique le massacre de populations civiles *en enfermant les gens dans des grottes afin de les gazer en les enfumant.* Il se vantait même de vouloir exterminer les Arabes: «C'est la guerre continue jusqu'à extermination… Il faut fumer l'Arabe!» En réalité, seules quatre à cinq «enfumades» auraient été recensées; elles auraient été étalées sur une période de cinq ans. *Néanmoins, des tribus entières arabes et berbères furent rayées de la carte.* Alors que la population algérienne était estimée à quelque trois millions en 1830, elle n'en comptait plus que deux millions en 1845. Aujourd'hui, on n'hésiterait guère à parler d'une forme de génocide. En 1843, le général Bugeaud reçut la grande croix de la Légion d'honneur, puis fut fait maréchal de France en récompense de ses loyaux services. »

L'être humain, un ange ?

6/ LE TOMBEAU DE LA CHRETIENNE ET LA PLUS BELLE FEMME D'ESPAGNE

Parmi les facilités à inventer des histoires à dormir debout mais qui servent tout de même à falsifier l'histoire et insulter les autres au profit de s'encenser soi-même ou son clan, celle-ci est rapportée par MARMOL dans sa « Description générale de l'Afrique » de 1573 et elle concerne le Mausolée Royal de Tipaza (Algérie) dit « Tombeau de la Chrétienne » ou « Azeka t'roumith » ou encore « Kber erroumia ».

Selon cette légende l'Espagne fut livrée « pieds et poings liés » aux conquérants arabes par le conte JULIEN gouverneur de l'Andalousie pour la province de Ceuta en 711. Le conte Julien est d'origine incertaine byzantine, ou chef Wisigoth ou alors Berbère converti au christianisme mais il fût, en tous cas, celui par qui le malheur de l'Espagne vint.

Faut-il le rappeler, cette conquête ne fut arabe (Califat de Damas) que par le nom car le gros des conquérants étaient, en fait, des Berbères dont Tarik ibn Ziad.

Florinde est la fille du Conte Julien et cette très belle femme (la plus belle d'Espagne) faisait partie de la cour du Roi Rodéric à Tolède et fut violée par ce dernier. Elle fit parvenir un œuf pourri à son père pour l'avertir de cette humiliation et lui écrivit, expliquant, bien sûr, toute son innocence ainsi que tout le méfait du Roi et c'est cela qui déclencha la révolte puis la forfaiture du Conte Julien qui pour venger l'affront fait à sa fille livra le passage de la Péninsule Ibérique aux Arabes spécialistes des coups fumants qui n'attendaient que cette aubaine-là.

Selon Alexandre Dumas, dans « Contes à dire dans une diligence » Julien, lorsqu'il lut la lettre de sa fille s'écria :

« Oh Roi qui t'es conduit comme un vilain, Noble qui as commis une action par laquelle est détruite ma noblesse ! Qu'ils ne s'étonnent point, ceux qui apprendront une chose qui n'eût pas dû se faire car un roi perfide porte ses vassaux à la trahison. Vive le Ciel ! Elle amènera la ruine de l'Espagne entière cette lâcheté que le roi a commise sur mon sang ; les innocents paieront pour le coupable et les sujets pour le maître. Si j'eusse en mon pouvoir une vengeance moins terrible, c'est celle-là que j'eusse prise mais je n'en avais pas d'autres. Malheur à toi Don Rodrigue, malheur à l'Espagne ! Que l'Africain entre donc par Tarifa qui est à moi, qu'il saccage et tue dans mon propre domaine et sur mes propres terres. »

Ainsi fut fait.

Il n'empêche que le comportement de Florinde fut considéré par toute l'Espagne comme un comportement de femme aux mauvaises mœurs et tous l'appelèrent la « Cava » dérivé de l'arabe « Caaba ou plus précisément kahba, la pute».

C'est Alcastras, un des capitaines de l'armée du roi, en déroute, qui apporta la mauvaise nouvelle de la défaite de Rodrigues (bataille de Guadalette juillet 711) à la Reine restée à Tolède ou se trouvait la cour, et qui après un évanouissement qui dura quatre heures eut cette réaction :

« Ö Rodrigue, tourne les yeux vers moi et vois comme ces infidèles me pillent et me brûlent ! Pauvre Espagne, perdue pour un caprice, perdue pour une « Cava » ! Je ne l'appelle plus Florinde, je l'appelle la Cava. Cette gloire de tes aïeux amassée pendant des siècles, elle n'est plus ; tu l'as sacrifiée à un moment de plaisir. »

« A un moment de plaisir tu as sacrifié ton royaume, ton corps et ton âme. Ton bonheur est fini, ton malheur commence.

Pauvre Espagne, perdue pour un caprice, perdue pour une Pute. »

Toujours selon MARMOL, les Espagnols, ayant entendu les indigènes de Tipaza appeler leur monument « K'ber Roumia » ou bien « Kaaba Roumia » ont compris la traduction en « Cava roumia » or tout ce qui était Cava ou Caava était pour eux synonyme de femme de mauvaises mœurs et imaginèrent que le tombeau fut érigé là à la gloire de Florinde. Ils donnèrent même au golfe qui s'étend sous le tombeau le titre de « Bahia de la Mala Muyer » « Baie de la Mauvaise Femme »

N'importe quoi !!!!

Ce tombeau grandiose par sa taille mais aussi par son histoire a été construit par JUBA II (25 avant JC à 23 après JC) en l'honneur Cléopâtre Séléné, sa femme, fille de Cléopâtre reine d'Egypte et du général romain Marc Antoine.

Cléopâtre Séléné fut une femme des plus illustres, des plus philanthropiques et des plus serviables envers son peuple qui la respectait beaucoup.

Ce tombeau a été construit bien avant que naisse cette Mala Muyer ou Cava ou pute de Florinde ainsi que son père le Conte Julien ainsi que le Roi Rodéric.

Et actuellement est en train de naitre une autre falsification à proximité de ce mausolée, au centre-ville même de la ville de Tipaza et ainsi, une autre imposture donc se constate.

En effet, entouré de ruines romaines imposantes, haut lieu de la culture Amazigh des Ichenouiyens encore présente aussi bien au niveau des vestiges que des coutumes et de la langue amazighe, est en train de se construire effrontément le « Centre *Arabe* de l'Archéologie », tout un programme.

L'Histoire, a beau être falsifiée, la vérité sera toujours rétablie.

7/ HISTOIRE DE LA CLEMENTINE.

Dans les années qui suivirent 1830 à Misserghin près d'Oran en Algérie s'installa le Père Clément (Clément Rodier) de « la congrégation missionnaire du Saint Esprit », féru de botanique et qui vécut dans ce village de 1839 jusqu'à sa mort en 1904. Sur la nouvelle terre qu'il venait de découvrir si arable, si fertile, il sema, il planta et il greffa, dit-on, un mandarinier sur un bigaradier.

Un jour, le père Clément cueillit dans la cour de son établissement un petit fruit dans le genre d'une mandarine mais qui n'en était pas ! Ce fruit-là était plus pulpeux, plus doux, plus sucré...et surtout, sans pépins.

Ce fut une révolution dans le monde de la botanique.
Deux décennies après la mort du Père Clément, la Société d'Horticulture d'Algérie baptisa en son honneur ce fruit miraculeux « Clémentine »...

En 2012, en Algérie toujours, terre de naissance de ce fruit planté dorénavant à travers le monde entier, on peut acheter à de belles clémentines mais ...importées.
C'est une honte !
Mais, à bien réfléchir, depuis qu'il y a de plus en plus de djellabas et moins en moins de combinaisons de travail on sait très bien à quoi on aboutira.

8/ POEME A MISANDRIA

Suspendues !
Mes pensées échevelées
Par la brutalité

Des questions harcelantes

De mes rêves

Insensés que j'aime pourtant.

Qui me disent que tu es et seras toujours belle et désirable

Immortelle parmi les merveilles perpétuelles de la vie et de l'éternité

Qui me glorifient ta voix et ses chants

Ton regard, ses rayons ardents

Ton parfum et celui de tes cheveux

Moi l'imbécile qui croit aux rêves fous

Aux apparences trompeuses,

Moi qui aspire à la venue douce d'un rayon

Rose pour caresser nos cheveux enchevêtrés

Et adoucir ma dernière ligne droite

De vie.

....

Désillusionné !

La **misandrie** est un sentiment sexiste d'aversion pour les hommes en général, ou une doctrine professant l'infériorité des hommes par rapport aux femmes. Elle peut être ressentie ou professée par des personnes des deux sexes.

9/ MYTHOLOGIE MILLENAIRE DES DOGONS, CULTURE ET RELIGIONS ACTUELLES

Les Dogons sont un peuple africain du Mali à la culture traditionnelle orale dont les litanies sont venues des temps les plus reculés et transmises par la mémoire de son peuple, jaloux de ses racines.

La culture des Dogons renferme de bien étonnantes connaissances astronomiques, des connaissances qui bousculent les anthropologues !

Les Dogons vous parlent de Sirius, l'étoile la plus brillante après le soleil dont ils disent qu'elle est le point de création de l'univers mais ils vous disent encore qu'une autre étoile de couleur blanche plus petite mais beaucoup plus lourde tourne autour de Sirius et met 50 ans à en faire le tour. C'est Sirius B.

Ces connaissances des Dogons sont bien antérieures aux certitudes astrologiques de la science actuelle puisque Sirius B n'a été découverte par l'Américain Alvan Clarke qu'en 1862.
Il faut rappeler que Sirius B n'est pas visible à l'œil nu et qu'il faut un puissant télescope pour l'apercevoir…..

Comment, diable alors, se fait-il que les Dogons, tribu jugée primitive du fin fond du désert sub-Sahélien a connaissance de cette réalité astrologique depuis des lustres alors que la première exo planète de Sirius A a attendu le 21ème siècle pour être confirmée par la science.

Dans la continuité de leur savoir extraordinaire les Dogons connaissaient l'astéroïde Toro, « compagnon » de Vénus découvert seulement en 1948. Ils savaient aussi depuis toujours que la terre tournait autour du soleil et que la lune est inhabitable. Ils savaient encore la présence des quatre plus gros satellites de Jupiter invisibles à l'œil nu et connaissent aussi les anneaux de Saturne.

Il reste un dernier point très actuel à considérer : Les Dogons affirment qu'une troisième étoile tournerait autour de Sirius

Cette assertion figure sous forme de dessins sur leurs objets sacrés mais n'est toujours pas observée dans la réalité par les scientifiques. Les scientifiques vérifieront-ils, un jour, la véracité ou non de ce fait ?

Parions qu'une fois de plus les Dogons auront encore raison....

Bien avant la Mythologie Grecque, bien avant les Romains, bien avant les Pharaons égyptiens, existait une énorme civilisation, une culture des coutumes une spécificité, une science ancienne et un savoir authentique avéré.

Des traces de cette civilisation (Amazigh) sont encore là visibles aussi bien au Mali, en Tunisie, au Maroc, en Maurétanie, en Algérie (Tassili et autres sites) qu'ailleurs en Afrique, berceau de la création.

Par ailleurs, dans la religion monothéiste des Dogons antérieure aux premières civilisations, Sumérienne puis Egyptienne, il est dit que le dieu suprême Amma créa l'univers puis le premier être vivant : un poisson.

Bien du temps après vint la théorie scientifique du « Big bang », pour qui le premier souffle de vie se forma aussi au fin fond des océans où sont crées des « molécules organiques composées de carbone, d'hydrogène, oxygène et azote formant le bouillon primitif qui a permis l'évolution vers des molécules vivantes » serait-ce le « poisson du premier être vivant des Dogons ?

Dans cette religion qui remonte presque à l'ère préhistorique et qui est, en fait, le précurseur de toutes les religions actuelles, le Créateur Amma, eut affaire à un être qu'il a lui même créé mais qui lui tint la dragée haute, c'est le Chacal, un être négatif qui fut la cause des difficultés de Amma.

Or, dans les religions monothéistes actuelles, (copié-collé?) ce Chacal est absolument l'ancêtre de « Satan », de « Chitan » etc. qui de la même manière se fit l'ennemi de son propre Créateur.

D'après la mythologie des Dogons, un accouplement de Amma le Créateur se fit tout au début avec la terre que lui-même façonna en une gigantesque statue d'argile sous la forme de femme et donna naissance, en une union jugée imparfaite, au Chacal, le diable symbole de tous les difficultés du Dieu Amma.
Une deuxième union eut lieu et engendra huit « jumeaux » appelés ainsi à cause de leur état de mi-hommes, mi-serpents.

Ces jumeaux montèrent au ciel afin d'y recevoir la sagesse de leur Père, le Dieu Amma. On parle aussi du retour du Dieu Nommo sur terre à la fin des temps.
Comparativement à toutes les religions monothéistes de nos jours, le premier être crée (Adam) le fut à base d'argile, comme ce fut le cas pour la religion des Dogons et la comparaison peut être étendue au retour des prophètes vers le ciel, vers leur créateur, à un moment donné de leur vie (ascension pour Jésus, Assomption pour la Vierge, Miiraj pour Mahomet, Ascension d'Elie…) comme pour le retour au ciel des jumeaux dans la religion Dogon ainsi que pour la réapparition future sur terre de certains prophètes (résurrection)

Je n'ai pas fait beaucoup de recherches et je ne peux pas acquérir chez moi les écrits de Robert Temple et de Marcel Griaule sur ce sujet des Dogons mais je suis sûr que l'on pourra trouver beaucoup plus de motifs de comparaison et des similitudes certaines entre cette religion millénaire des Dogons et les religions monothéistes modernes. Ce qui nous amènerait à affirmer que toutes les religions modernes ont pour source, la religion des Dogons ou alors s'en seraient largement inspirées.
On ne pourra alors que rester admiratif devant tant de connaissances aussi bien astrologiques que religieuses d'un peuple ancien et précurseur en ces domaines.

Des théories affirment que les Dogons ont été visités par des êtres venus d'autres mondes (Sirius) et leur ont apporté ces connaissances scientifiques et mythologiques et dans tous les masques que ces derniers sculptent encore de nos jours, il est clairement fait allusion à ces astronefs et à ces soucoupes volantes de leurs visiteurs extra-terrestres.

10/ *INTELLIGENCE*

A Bejouira, nous sommes très intelligents.

Par exemple déjà au lycée je me souviens de ce camarade qui a marqué la physique universelle de son théorème que nous appelions le théorème d'Ouali (comme on dit par exemple le « théorème de Pythagore » en mathématiques) Ouali avait en effet « inventé » cette incroyable déduction des choses de la nature et l'avait faite sienne : il disait alors : « Tout corps plongé dans l'eau ressort mouillé. » Ni plus ni moins !

Oui nous sommes intelligents et la grande question, par ailleurs, est de savoir à quoi est utilisée notre intelligence ? A innover, à inventer des choses qui rendraient notre vie meilleure, à nous élever au-dessus de nos querelles byzantines, à bien nous comporter envers autrui ?

Non ! Notre intelligence est utilisée pour bien autre chose.

Arrière-port de Bejouira, une scène que j'ai observée :

Des revendeurs de poisson frais sont très occupés et ne se rendent pas compte de ma présence ou alors ignorent délibérément que je les espionnais : il sont si affairés à introduire des sardines dans le ventre de grandes pièces (chien de mer, grosses seiches, mérous etc.) et moi je regardais, ébahi, le manège. J'ai mis du temps pour comprendre !

Les sardines, à prix dérisoire comparativement au prix du mérou par exemple seront vendues dans le ventre du gros poisson au prix fort, rendez-vous compte dans chaque poisson on peut introduire jusqu'à deux kilos et parfois bien plus de vulgaires sardines ......si vous découvrez le subterfuge lorsque vous videz le gros poisson, on vous dira, bien sûr, que les sardines ont été avalées par le poisson en haute mer.

Toujours à l'arrière port de Bejouira, deux individus sont tout aussi affairés : le business cette fois-ci concerne la vente de boissons alcoolisées. Vous allez me dire que Bejouira est un pays qui est sensé ne pas consommer d'alcool parce que interdit par la religion musulmane....vous êtes vraiment à côté du panneau.

Une seringue du genre utilisé pour les injections médicales et le tour est joué. De préférence on utilise les bonnes bouteilles, les plus chères et dont les marques sont les plus réputées.

A l'aide de la seringue introduite facilement dans le liège du bouchon, on aspire à peu près la moitié de la bouteille qu'on met dans une autre bouteille et on remplace la moitié ainsi extraite par de..........l'urine (l'urine étant à peu près de la même couleur jaunâtre) et les consommateurs ainsi escroqués s'en donnent à cœur-joie.

REFLEXIONS....PÊLE-MÊLE

Foi :

C'est quelqu'un, une personne âgée de mes connaissances, qui explique que s'il est malmené par la vie, malade, blessé, aveuglé, amputé, ou je ne sais, c'est pour lui une façon de se rapprocher de son Créateur, de sanctifier son âme. Je l'ai vu, atteint d'un cancer de la peau qui lui grugeait peu à peu le bout de son nez et je l'ai vu souffrir en silence, refusant de consulter un médecin, refusant même de se lamenter comme nous le faisons tous lorsqu'une mouche se pose sur notre peau. Il laissait délibérément la maladie le ronger ainsi dans sa chair, il souffrait le martyr devant la douleur et se rendait bien compte de l'esthétique de cette faille béante et purulente en plein milieu de son visage. Il acceptait tout cela pour Lui, son Créateur et il se disait capable d'en faire bien plus que cela…justement pour Lui !

Lui allait devenir son ami et accepter la maladie était sa manière de se rapprocher davantage de Lui, son Créateur.

Que de courage ! Que de foi !

Les chiites aussi se flagellent jusqu'au sang à l'occasion de l'achoura fête religieuse musulmane qui marque pour eux un événement grave. Mais est-ce que cet auto-châtiment est fait pour plaire à Dieu ou est-ce pour marquer l'anniversaire d'un règlement de compte entre humains de l'histoire post prophète Mahomet?

Il y a des catholiques qui se brûlent et il y en a qui refont dans la douleur et sang, avec de vrais gros clous, la mise en croix pour endurer le même supplice que Jésus, n'est-ce-pas de la foi, ça ?

Tous ces croyants s'adressent directement à leur Créateur, à Dieu. Ils désirent se détacher du monde d'ici-bas et ne veulent vivre que pour être le plus prêt de Dieu même en sacrifiant leur chair.

La foi consiste à croire que le Créateur est au-dessus de tous, humains, montagnes, ciel et univers et que c'est Lui qui gère tout ça. C'est ainsi que la moindre fourmi sur terre est dirigée par Lui et en ce qui concerne l'être humain ce dernier est tout aussi dépendant de Sa Volonté.

…………………

Les Arabes ont comme habitude de se faire aider de la présence de leurs femmes au combat du temps des batailles religieuses. La différence est là : un Viking de la même période ne risquera jamais la vie de la femme qu'il aime et se battra jusqu'à la victoire ou la mort seulement accompagné de son épée.

Dans les cités de Bejouira, les batailles, même si elles ne sont que verbales, sont toujours caractérisées par la présence de clans entiers femmes et enfants en tête alors que chez les occidentaux en général, deux seuls individus peuvent se chamailler et se cachent presque pour régler leur différend d'une manière ou d'une autre
....

Le discours de ces hommes qui ont marché sur la lune ne fait pas mention de la grandeur de l'homme mais de la petitesse infinie de la terre....Humilité !
....

Autour du lumineux tournent toutes les vipères de la terre, j'aime le sombre obscur et la paix et la sécurité qui s'y trouve !
....

Chez moi, à Bejouira, l'argent est aux mains des truands et avec cet argent ils se payent les services des intellectuels.
....

De la langue kabyle parlée avec prudence, précaution et circonspection teintée de honte telle la honte d'être bâtard ou par peur de représailles.
Du massacre pur et simple et de la déformation de la langue de Molière apprivoisée par l'immigration ou imposée par l'histoire coloniale et de plus en plus inaccessible.
Jusqu'à l'arabisation la plus sournoise, la plus hideuse, la plus avilissante et surtout, la plus abrutissante. Tel est le bilan linguistique de Kabylie
....

L'état policier se nourrit de la lâcheté du peuple
....

Selon les croyances païennes des anciens Vikings (9ème siècle), à la fin du monde les forces du mal renaitront pour combattre les Dieux. Ces forces reviendront sur un grand bateau venant de l'au-delà et fait avec un assemblage d'ongles de doigts humains.

C'est ainsi que les Vikings ne laissaient jamais grandir leurs ongles.

Plus curieux encore : comment se fait-il qu'avec tant d'éloignement à tous les niveaux entre les deux peuples, les Kabyles, il n'y a pas si longtemps encore, pensaient à peu près la même chose et ne laissaient jamais les ongles qu'ils ont coupé se perdre dans la nature (Ma grand-mère, Dieu ait son âme, décédée à 104 ans me l'a affirmé et je la croie). Ils font en sorte de rassembler les ongles coupés et de les enterrer pour les retrouver selon leur croyance, justement lors de la résurrection prévue après la mort.

………………………

Un ancien roi promettait à tous ceux qui avaient besoin d'aide de quelque nature que ce soit d'accéder à leur vœu à la condition d'accepter de voir le frère du demandeur bénéficier du double de ce qui est donné à ce dernier. Une maison pour l'un, deux maisons pour son frère. On raconte qu'un Kabyle de passage dans ce royaume si altruiste demanda au roi de lui faire crever un œil…..Comme quoi, un Kabyle aime toujours beaucoup son frère, c'est connu !

………………………..

Durant les années de terrorisme sanglant un militaire devant voyager pour rejoindre sa caserne choisit de prendre un taxi car même si cela lui coutait plus cher qu'un autre moyen de transport il jugea que c'était le moyen le plus sécuritaire en cette période faux barrages routiers véritables coupe-gorges (au sens propre et figuré) tendus par les terroristes.

Malheureusement pour lui, justement presque à l'arrivée le taxi qui le prit et ses passagers eurent justement affaire à un faux-barrage. Avant d'y arriver tout à fait le militaire, dans le but évident de ne pas se faire démasquer, ce qui lui couterait la vie de la manière la plus atroce qu'il y a, prit ses papiers et les confia au chauffeur lui demandant de les cacher. Au moment de la fouille entamée par les terroristes, farouches en barbes hirsutes, tenues déglinguées, le chauffeur de taxi pour bénéficier de leur compassion jugea utile de leur remettre les papiers du militaire en leur montrant du doigt le pauvre bonhomme qui ne s'attendait surement pas à celle-là.

Un filet d'urine parcourut la jambe du militaire qui avait compris que son jour était arrivé lorsque le terroriste lui intima l'ordre de se mettre à part et de s'éloigner un peu des autres passagers. Le même terroriste ordonna au chauffeur qui venait de lui donner les papiers du militaire de rejoindre ce dernier.

Le terroriste demanda aux autres passagers du taxi s'il y avait une personne pouvant conduire le taxi jusqu'à destination et un des cinq leva la main.
Le taxi s'en alla sans les deux passagers restants..........

11/ HOMMAGE

Femmes kabyles, gardiennes du temple
Femmes kabyles qui sans vous toute trace de la civilisation amazigh aurait disparu il y a bien longtemps déjà....

MARGUERITE TAOS AMROUCHE, un nom porte-flambeau
Depuis le 02 avril 1976, jour de ta disparition, ton nom aussi dérangeant soit-il pour certains mais si cher à nos yeux ne cesse d'illuminer, tel un feu du firmament, le ciel de la Kabylie

Interprète talentueuse de chants traditionnels kabyles, première femme algérienne à écrire en français, participant à la fondation de l'Académie Berbère de Paris, tu as consacré ta vie à la cause de ta langue et de ta culture sans jamais trouver remède à ta condition d'exilée.

On a beau vouloir ensevelir à jamais ta voix de sublime cantatrice et la majesté de tes poèmes et écrits, on n'y est jamais arrivé pour la bonne raison que la mesquinerie politique ne pourra jamais triompher de la culture millénaire de tout un peuple.

Il y a celui qui est mais qui n'est plus,
Il y a celui qui n'est plus mais qui est.

……………..
TAOS AMROUCHE, la Kabylie et les paroxysmes

Dans son livre « l'Amant imaginaire » Taos AMROUCHE nous gratifie de cette phrase qui résume tout le mal être et le tourment perpétuel pas spécialement de la femme Kabyle mais de tous les Kabyles.

« *Curieuse nature que la mienne : où le commun des mortels éprouve un paroxysme, en amour, je n'éprouve, moi, qu'un bonheur calme. C'est que ma vie courante est faite de paroxysmes, quand celle des autres est faite surtout de monotonie.* »

Laurence Bourdil, la fille de Taos Amrouche parle ainsi de sa mère :
« Il y avait une grande différence entre cette sorte de prêtresse, telle qu'elle est apparue par exemple sur la scène du théâtre de la ville, surgie comme de la nuit des temps, qu'André Breton qualifiait de "reine Néfertiti dans une autre existence", entre cette petite bonne femme gigantesque, juchée sur des talons dorés, des chaussures de star (elle mesurait seulement 1m58), cette espèce de reine atlante et puis la mère que j'avais à la maison. »

Nous ressentons tous, hommes et femmes Kabyles à des degrés différents et selon les circonstances cet accablement lié aux épreuves que nous endurons dans notre vie, dans notre organisation sociale. Car toute notre vie n'est que résistance, endurance.

Ce questionnement perpétuel relativement à notre existence même en tant qu'entité berbère Amazigh distincte augmenté des difficultés de communication et d'entente mutuelles, nous montre qu'il nous faut des paroxysmes comme ceux dont parle Taos AMROUCHE pour qu'enfin nous réagissions… et encore !

Nous vivons naturellement avec les paroxysmes. Les extrémismes, dont celui-là religieux, nous les côtoyons tous les jours et plus rien ne nous étonne. Nous sommes devenus inconscients, insensibles et parfois amblyopes, jusqu'à tolérer ou applaudir cet autre extrémisme, le chloroforme oriental qui nous embaume et tue inexorablement les derniers vestiges de notre civilisation amazigh millénaire.

Il est des personnes uniques, exceptionnelles, c'est le cas de Taos Amrouche, visionnaire dont nous, les siens, ne voulons pas comprendre le message !

12 / LE VASE DE SOISSONS

Des soldats enlevèrent, d'un édifice religieux situé dans le diocèse de Reims avec d'autres ornements liturgiques, un vase liturgique, probablement en argent, d'une taille et d'une beauté extraordinaire ! L'évêque Remi envoya un émissaire à Clovis pour lui demander qu'à défaut des autres prises il lui restituât au moins cet objet auquel il tenait précieusement. Le roi assura à l'homme que dès que le vase lui serait échu, il donnerait satisfaction à l'évêque.

A Soissons, la ville qui vient d'être prise et dont Clovis paraît déjà avoir fait sinon sa capitale du moins son camp principal, l'armée est rassemblée autour du butin amoncelé. Le roi demande aux « très valeureux guerriers » de lui céder le vase en plus de sa part. Les hommes de bon sens lui répondent : « Tout ce que nous voyons ici est à toi, glorieux roi, et nous sommes nous-mêmes soumis à ton autorité. Agis maintenant comme il te plaira, personne ne peut te résister. » Mais, tout le monde ayant parlé, un soldat - homme léger, envieux et impulsif - à la stupéfaction générale, frappe le vase de sa hache en s'écriant : « Tu ne recevras que ce que le sort t'attribuera vraiment ! » Le roi avala l'affront, mais « garda sa blessure cachée dans son cœur ». L'évêque récupéra quand même son vase, brisé ou cabossé.

Au bout de l'année, ayant convoqué à nouveau l'armée au Champ de Mars, Clovis, passant ses guerriers en revue, reconnut le soldat insolent. Constatant que sa tenue et ses armes laissaient à désirer, il les lui prit et les jeta à terre. Le soldat se baissa pour les ramasser et Clovis en profita pour lui briser le crâne d'un coup de francisque, disant :

« Ainsi as-tu fait au vase à Soissons ! »

A propos :
Un inspecteur d'académie interroge un élève devant son professeur:
- Qui a cassé le vase de Soissons ?
L'élève pâli, hésite:

—   Ce n'est pas moi …

- Comment ? Vous ne savez pas qui …

—   - Monsieur, puisqu'il vous dit que ce n'est pas lui, dit le professeur

- Comment ? Comment ? Vous aussi, vous ne savez pas qui …

- Ma foi non, répond le professeur, évasif

L'inspecteur fait alors un rapport au directeur de l'établissement.

- Voyez l'état de l'enseignement, les élèves et les enseignants ne savent pas qui a cassé le vase de Soissons !

Le directeur reçoit le professeur pour une mise au point :

- Mais qui donc a cassé ce vase ? Mais quelle histoire pour un vase ! Pourquoi ne l'avez-vous pas remplacé à temps ?

13/ CONNEXION A INTERNET

Je n'ai pas Internet

Depuis belle lurette

C'est mourir !

Depuis le cybercafé du coin

J'essaie, tant mal que bien

De tenir

Et d'entretenir

La toile tissée

La bouée

De sauvetage

La planche de salut

Vers cette vie d'ailleurs.

Ah Internet, quand tu nous tiens !
……………..

Oui ! Pourquoi pas ?

N'y a-t-il pas là un moyen formidable de faire fortune ?

J'ai décidé, après mûre réflexion …de vendre de l'air.
De l'air que je mettrai dans des petits ou même grands sachets en plastique veillant à
ce que l'emballage soit le plus attrayant et enchanteur possible, un bon attrape-
nigauds quoi.

De l'air chaud pour l'hiver, de l'air frais pour les moments de canicule, de l'air
coloré, scintillant et ludique pour les enfants : pas d'états d'âme dans le business.

De l'air tout court pour ceux qui sont à l'étroit ou stressés et qui veulent partir (comme moi),

De l'air porteur de rêves, de l'air dispensateur d'amour et de printemps. De l'air comptable pour les banques et l'argent. De l'air de l'Aïr du Niger, celui de Tambouctou ou celui de Taiwan, de Kaboul ou de Los Angeles.

De l'air à manger ou à boire (le problème de la faim dans le monde...on en reparlera plus).
De l'air politique, qui enseignera à celui qui utilisera une échelle pour monter au pouvoir de l'enlever derrière pour que plus personne ne monte après lui et pour que lui n'en redescende jamais.
Ah ! Ce que j'aimerai devenir président à vie !

De l'air religieux qui incitera les femmes (même en Languedoc-Roussillon...ça va arriver un jour au train où ça marche !), à se mettre en hidjab (voile) pour ne pas se faire lorgner les avantages par nous autres moustachus.
De l'air en berceuse pour bébés.
De l'air pour les nageurs et les plongeurs en apnée.
De l'air, de l'air, de l'air !

Et je crierai à qui veut m'entendre:
Achetez mon ...air !

Oui! Bien sûr qu'effectivement je peux le faire...cela se fait déjà puisque je paie moi-même un forfait mensuel pour avoir Internet chez moi et je n'ai rien depuis belle lurette, que des nerfs et de.... l'air

14/ DIFFICILE COMMUNICATION

Lafontaine aurait pu rajouter celle-là à son palmarès mais le but n'est point ici d'écrire une fable mais de dénoncer un état de fait.

Cette naïve jeune souris a été invitée par ce tout aussi crédule chaton du quartier pour jouer ensemble.

A leur âge, jouer était en effet la priorité des priorités et ils ne pensèrent guère à honorer ce pourquoi Dame Nature les a prédestiné à leur naissance, la guerre.

Ils oublièrent donc leur état de chasseur et de chassé et jouèrent dans la gaité et la joie durant toute la journée

Le soir en rentrant chacun chez soi ils furent tous les deux sujets à des remontrances sévères de la part de leurs parents respectifs

-Tu es un chat et tu n'oublieras plus jamais que tu es fait pour tuer les souris…. S'indigna la mère du chaton.

-Dorénavant tu dois faire très attention à tes fréquentations car tu risques gros en étant si innocent…expliqua dame souris à son rejeton.

Le lendemain, prêt à déclarer les hostilités, le chaton se mit en devoir d'attendre la venue de la petite souris et lorsque celle-ci montra le bout de son nez, il l'interpella :

-Viens-tu jouer avec moi comme hier, mon amie ?

La souris, prête à décamper au moindre geste suspect lui répondit :

-Autant, apparemment, tu as été conseillé par ta mère, autant moi aussi je l'ai été.

Ainsi, le grand problème des relations entre sociétés qui se pose actuellement est incontestablement celui de la communication. A l'heure de la mondialisation, chacun reste encore dans son coin à dédaigner l'autre en face. Les préjugés, la méfiance, les faux jugements, la suspicion, les présomptions qui, à la longue, deviennent des faits accomplis font parfois que ceux qui en subissent les conséquences ne sont pas toujours ceux qui méritent châtiment.

Ne dit-on pas si bien : en forêt, un feu dévastateur brûle aussi bien le bois sec que les vertes pousses

....

La vie presse et j'oublie de vivre
Mes pensées dérivent au gré des vents froids
Et de la beauté de ce monde
Que les siens ne discernent pas.

Occupés, eu, à ne voir et n'entendre
Que les gémissements des tempêtes récurrentes
Que les sons des cloches des religions,
L'éclat de l'argent, des richesses et de la luxure.

....

Débauche de couleurs vives médiatiques
De mets plantureux
Invitant à l'orgie phallocrate douteuse et constitutionnalisée
Ceux-là qui cèdent aux illusions

Pour enfreindre les lois de la nature
Et de la morale bafouée
Réapprendre à l'homme, enfin à redécouvrir la majesté
Et toute la beauté de la Femme.

15/ DIVISER POUR REGNER

La politique du diviser pour régner de la France coloniale a conduit à la différenciation entre Kabyles et Arabes

L'étude de Patricia M.E LORCIN sur « le colonialisme et l'idéologie raciale » est très complète. Elle s'intitule : Kabyles, Arabes, Français : identités coloniales paru chez PULIM. Elle a nécessité, j'imagine, bien du temps pour consulter patiemment et avec la minutie exigée tous les écrits et toutes les archives relatifs au thème traité (cet auteur cite les sources de façon toute aussi minutieuse).

Il est clairement expliqué dans cette étude que les responsables à haut niveau de la colonisation en Algérie ont tout fait pour mettre en exergue et utiliser à dessein les différences de race et de comportement chez les Arabes et chez les Kabyles, aussi bien au sein de leur société civile que pendant les combats qui se sont déroulés . Le but étant, bien sûr, de pouvoir assimiler les Kabyles rapidement quitte à les dresser par la suite contre les Arabes et en faire un gage de sécurité pour la colonie.

Les Français ont créé le « mythe kabyle » qui consistait à juger que les Kabyles étaient supérieurs aux Arabes. Ils ont ainsi utilisé les différences sociologiques et les disparités religieuses pour montrer une représentation positive chez les Kabyles et négative chez les Arabes dans le but d'affirmer que les premiers cités étaient plus aptes à l'assimilation que les seconds.

Malgré le fait qu'à leur arrivée en Algérie, les français ont trouvé une population de trois millions d'habitants dont effectivement des Kabyles, des Arabes mais aussi des Turcs, des Kouloughlis (nés de Turcs et de Nord-Africaines), des Andalous ou

Maures chassés d'Espagne, des Juifs, des Chaouias, des Mozabites, des Chenouis, ils ont réduit l'équation à la présence uniquement de Kabyles sédentaires et montagnards d'un côté et d'Arabes nomades des plaines de l'autre.

Dans cette différenciation il faut saisir la notion coloniale de Kabyle contre Arabe et non de Kabyle et d'Arabe. Cela influe sur toute la politique de la France coloniale envers les populations autochtones et cela veut dire que les français ont trouvé non pas des Kabyles et des Arabes en Algérie mais des *Kabyles susceptibles de combattre contre des Arabes au profit de la France coloniale.*

Cette perspective étant répandue il fallait alors « s'occuper » séparément de chaque catégorie d'autochtones et c'est ainsi que lorsque l'émir Abdelkader fut vaincu et sa reddition accomplie en 1947, la Kabylie proprement dite ne figurait pas dans la liste des trois départements de ce qui devint officiellement en 1948 la colonie intégrée à la France. Pour être clair, il faut souligner que lorsque la majeure partie des territoires étaient conquis avec comme fin tragique la capitulation d'Abdelkader, les Kabyles, eux étaient considérés comme indépendants et jouissaient vis-à-vis de la France coloniale d'un statut de respectable voisin avec qui établir des relations d'égal à égal. Les Français, à l'image de Tocqueville dans sa « Seconde lettre sur l'Algérie » pensaient que l'âme des Kabyles « plus intelligents » n'était pas impénétrable à la civilisation française comme l'était leur territoire, à l'opposé des Arabes dont « l'âme était encore plus changeante que leur demeure »

Il a été même question sous le Duc de Rovigo commandant en chef de l'armée en Algérie de décembre 1831 à Juin 1833 d'installer un certain M. Joly comme *consul français* à Bougie pour développer les relations commerciales d'égal à égal avec les Kabyles et d'ouvrir ainsi le port aux navires français.

Cinquante-deux ans après l'indépendance de l'Algérie, misons que cette politique de division n'a pas porté ses fruits ......

16/ LA KAHÉNA OU .....DYHIA ?

Oui, c'est concevable,

Venant de ses ennemis les Omeyyades qu'elle combattit vaillamment lors de l'expansion islamique en Afrique du Nord au 7ème siècle après J C, on comprend très bien qu'ils l'appellent péjorativement « El kahana » féminin de « El Kahan » c'est-à-dire, sorcier, médium, magicien, prestidigitateur dans le sens de manipulateur, escamoteur et dans la mesure où la religion musulmane diabolise ces êtres considérés comme marginaux, habités par des démons etc....

Ce qui est inconcevable, par contre, c'est que ce surnom lui est attribué même de nos jours tout aussi gaiement par ses propres concitoyens berbères. C'est inconcevable et surtout injuste.

Rétablissons dès lors la vérité et interdisons-nous de ne l'appeler que par son vrai nom : Dyhia (Dyhia Thadmout veut dire belle gazelle en berbère) ou bien Damia (de Idmi qui veut dire : divin)

Cette reine Berbère Zénète des Aurès fut une féministe et la seule reine guerrière de l'histoire qui symbolise la résistance contre l'envahisseur arabo-musulman.et qui remporta deux victoires sur les troupes arabes d'Ibn Numan l'une dans la vallée déserte de Meskiana en 693 qui permit aux Aurésiens d'écraser les Arabes et de les faire repousser jusqu'à l'actuelle Gabès et l'autre, près de Tabarka en 695.

Dyhia s'engagea une dernière fois dans une bataille près de Tabarka en 702 et sa défaite est due en partie à la trahison de Khalid, un jeune Arabe que la reine avait épargné et adopté selon les coutumes de protection et d'hospitalité en vigueur alors.

C'est le chanteur Slimane Azem qui disait si bien : « j'ai trouvé sur mon chemin un serpent à sonnettes transi de froid, je l'ai mis dans la poche intérieure de mon veston, je voulais qu'il se réchauffe, tout prêt de mon cœur….. »

Trahie, elle est capturée puis décapitée au lieu-dit Bir El Kahina et sa tête découpée, soigneusement mise dans un linceul est remise après un long voyage par les chefs de l'armée Omeyyade au calife Abd-al-Malik en Syrie. Ce fut la meilleure façon de savourer la victoire des Arabo-musulmans en Afrique du Nord.

Une statue de Dyhia a été construite en 2003 à sa mémoire au centre-ville de Baghai. Son sculpteur, Ali Boukhalfa s'est inspiré des anciennes pièces de monnaie à l'effigie de la reine.

Les Amazighs Chaouis, légitimes héritiers de la bravoure de Dyhia sont actuellement tellement apitoyés par le sort des réfugiées Syriens qui fuient les horreurs, le sang, les larmes, les armes chimiques de l'atroce guerre qui se déroule chez eux.

………..

Il fut un temps où les montagnes de Kabylie abritaient des animaux tels que les lions par exemple. Et ce temps-là fut prolifique en légendes.

Parmi les innombrables légendes je vous rapporte celle-ci ancrée dans la mémoire collective kabyle et destinée à pérenniser les valeurs morales très fortes de l'époque.

La légende en question veut que les animaux et même la flore en général, communiquent entre eux en parlant comme le font les humains.

Le roi lion se rendit, ce jour-là, à la fontaine pour boire après un bon repas. Il rencontra la plus belle jeune femme du village voisin qui vint elle aussi remplir sa cruche d'eau.

45

Le roi lion but goulûment à la source même et se rendant compte de l'arrivée de la jeune femme s'excusa et interrompit son action pour permettre à cette dernière de se servir en premier. La jeune fille refusa d'approcher la source jusqu'au départ du lion et lui expliqua :

-je ne peux pas puiser l'eau tant que tu as mis ton museau si près de la source
-Pourquoi, lui répondit le roi lion ?
-C'est simple, ton haleine est si puante…

Ce fut dit avec tellement de dédain, d'arrogance et de froide insolence que le roi lion en fut tellement vexé, offusqué, choqué même.
Il réfléchit vite et au lieu de réagir avec la violence qui le caractérise parfois, il dit à la belle villageoise en la toisant du regard
-prends cette hache et donne-moi un bon coup à la tête.
La belle hésita et essaya de se sauver mais devant l'insistance du roi elle prit la hachette et asséna un joli coup tel que voulu par le lion.

Du sang gicla aussitôt et le roi lion fixa un rendez-vous à la belle pour se revoir au même endroit sous huitaine.
Le moment venu la belle villageoise retourna à la fontaine et y rencontra le lion qui de suite lui montra la blessure qu'elle lui avait causée.
-Complètement guérie, ta blessure roi lion, j'en suis ravie.
-Justement lui répondit le lion cette blessure a vite guéri mais l'autre blessure, celle causée par tes propos au sujet de mon haleine ne veut pas guérir.
C'est ainsi que nait un proverbe kabyle :
« Les blessures physiques guérissent vite, les calomnies assassinent »

17/ DOULOUREUSE IMPOSTURE

Darwin affirmait en son temps que « les femmes étaient naturellement réservées et monogames, les hommes avides et polygames » Et de nos jours alors ? L'affaiblissement des références morales et religieuses, la recherche égoïste du bonheur individuel et du plaisir immédiat et d'autres facteurs encore sont de nos jours l'explication à l'infidélité.

Selon certaines statistiques qui concernent l'Europe et les États-Unis, « l'infidélité serait pareillement partagée chez les hommes et chez les femmes. 70 % des femmes ayant plus de cinq ans de mariage déclarent avoir été infidèles au moins une fois. Les hommes sont au même niveau : 72 % »

Malgré cela, il faut reconnaître que les femmes sont plus résistantes à ce phénomène.

D'après une étude, « sur 60 personnes âgées de 56 à 59 ans mortes d'un arrêt cardiaque pendant leurs ébats, la moitié n'était pas en compagnie de leur légitime. Et parmi ces victimes de l'adultère, il n'y avait que quatre femmes ! »

Et on y va gaiement !

De nos jours il y a même des gens qui banalisent l'infidélité et qui donnent des conseils et des modes opératoires appropriés.

Un grand psychiatre et thérapeute familial enseigne : je cite "Vous pouvez y aller mais avec discrétion pour ne pas faire souffrir l'autre. Cependant, lorsque l'autre a des doutes, il est préférable de reconnaître les faits pour éviter une dissimulation destructrice pour la personne trompée."

Alors les femmes et les hommes y trouvent leur compte pour retrouver toute la magie du cœur qui bat, des rendez-vous improbables, de l'émerveillement des premières fois bref pour revivre ses vingt ans tout en sachant quand même que cela est injuste vis-à-vis de l'autre.

Le plus dur et le plus pénible, c'est la blessure de l'autre et parfois le remords de l'infidèle.

Ouali a tout juste trente-huit ans, il est très malade.

Que la vie parfois est cruelle ! Il a écopé d'une tumeur au cerveau et il sait que cela ne pardonne pas. Courageux quand même, philosophe, il a confiance en la médecine actuelle. Je guérirai ne cesse-t-il de se répéter. Et de citer l'exemple de untel ou de tel autre parmi les chanceux qui ont pu s'en sortir.

Sa femme, la belle Djouher, a cinq ans de moins que lui. Ils se sont mariés voilà bientôt quatre ans et n'ont pu avoir d'enfants. Ils ont su par la suite que cette infertilité incombe à la maladie d'Ouali qui ne s'est pas rendu compte de son état à temps. Djouher est toute dévouée, prévenante et attentionnée envers son mari, surtout depuis le constat officiel de la maladie.

Cependant, coté relation sexuelles, entre les deux ce n'est pas vraiment le Pérou car depuis déjà leur nuit de noces, rien ne va.

Depuis presque le début de leur mariage, Ouali semblait fuir un peu sa femme qui a de l'estime pour lui dans tous les domaines de leur vie commune sauf lorsqu'il s'agit de ce sujet là des relations sexuelles. Cet état de suspicion à peine dissimilée dura ainsi jusqu'au jour où la vérité éclata au grand jour : Ouali devenait de plus en plus impuissant et la maladie qui le rongeait aggravait davantage la situation. Depuis, Djouher mit un frein à tous ses espoirs de voir un jour son mari reprendre le dessus et redevenir cet animal en rut qu'elle avait connu avant. Le problème entre eux deux, durant toute cette période et jusqu'à tout récemment, c'est qu'ils ont fait l'erreur de ne jamais discuter de ce sujet franchement et de mettre un terme à leur divergence latente qu'ils ont escamoté volontairement, la maladie de Ouali prenant peu à peu le dessus.

Le monstre rongeait de plus en plus le pauvre corps d'Ouali et l'un après l'autre ses membres commencèrent à ne plus répondre. Il devient de plus en plus dépendant et bientôt c'est toute la machine qui s'arrêta net ! Les premiers temps, Djouher ne voulut pas croire qu'on en est arrivé là et lutta tant bien que mal pour que la loque sans énergie qu'était désormais devenu son mari soit au moins dans un état propre. Mais peu à peu la routine prit le dessus et à plusieurs reprises le malade fit dans son froc et resta ainsi des heures durant !

Ouali se rendait compte de tout ce qui se passait autour de lui malgré son état, il comprenait tout, voyait tout et était conscient de la situation mais ne pouvait plus prononcer mot pour dire sa souffrance, ses inquiétudes, ses désirs. Ses yeux étaient désormais les seuls segments de la machine qu'il pouvait utiliser pour s'exprimer mais même Djouher ne comprenait rien ces mouvements circulaires et affolés des yeux de Ouali.

Bientôt, Ouali devenait de plus en plus lourd et Djouher ne pouvait plus le soulever toute   seule   pour   lui   nettoyer   les   parties   intimes.
Alors elle fit naturellement appel au jeune frère de son mari pour l'aider dans sa tache. Le jeune frère (26 ans) faisant fi du tabou qui aurait pu se créer se dévoua lui aussi à la tache.

Cela peut bien paraître aberrant alors que d'autres solutions existent (cliniques spécialisées ou services d'accompagnement à domicile) mais voilà que les deux proches se mettent à nettoyer à qui mieux mieux les bijoux de famille de Ouali sans complexe aucun. La complicité s'installa entre Djouher et le frère de son mari et cette entente la devint même un moyen de détendre l'atmosphère puis une occasion de faire reculer la chagrin et la monotonie et enfin de permettre carrément de rire. Cette harmonie entre le jeune homme et la femme, alla, sous les yeux même de Ouali à une connivence intime qui devint peu à peu de l'amour déclaré sans tenir compte de la souffrance d'Ouali qui devina bien que sa femme cédait irrémédiablement à la tentation.

-Trahison ! Clamait-il à ceux qui ne l'entendaient point.

-Toi ma femme pour qui j'avais tant de respect et pour qui je souhaitais monts et merveilles.
-Toi mon frère que j'ai éduqué et pour qui je réservais les meilleures fantaisies et les meilleures gourmandises.

Vous deux qui étiez dans mon cœur, vous perdez toute notion d'humanisme, de morale, de sagesse, d'éthique et de raisonnement.

Vous pensez que je ne me rends compte de rien ? Non je vois vos simagrées et vos gestes furtifs puis vos intentions déclarées, attendez au moins que je meurs !

Oui, je vais mourir mais pas de cancer mais de vous deux !

Peut-être aurez-vous à rendre compte quelque part et peut-être aurez-vous à subir à votre tour les affres de mon impuissance à vous démasquer !

…………

Quelques mois après l'enterrement de son mari, Djouher, n'arrive toujours pas à faire son deuil et à essuyer ses larmes !!!

18/ BIEN CURIEUX

Avant la véritable procédure du divorce, il y a toujours cette sage manière d'essayer de régler le problème du couple à l'amiable et le juge chargé de cette délicate mission après avoir tâté le terrain en fin psychologue détermine la suite à donner. En général il essaie toujours de faire faire marche arrière aux deux antagonistes qui se présentent devant lui et lorsqu'il pense que les carottes sont cuites entres eux, alors il fait déclencher les hostilités par avocats interposés. A l'audience d'aujourd'hui, c'est une affaire pas comme les autres qui se présente devant lui. Le juge d'instruction

:

-Pourquoi, chère madame demandez-vous le divorce ? Quelle est donc la raison qui vous fait franchir le pas ? Vous n'êtes quand même pas arrivée à prendre une aussi grave décision sans avoir des motifs valables ?

La dame, visiblement révoltée et impénitente poussa un long soupir : -Mr le président, celui que j'ai épousé il y de cela six années n'est plus le même. Voilà la raison....

Le juge, omettant volontairement de rentrer dans les détails qu'il connaît par cœur prit acte de la déclaration et s'adressa au mari en instance de divorce qui se tenait coi devant lui :

- Et vous monsieur, qu'avez-vous à dire ?

- Vraiment monsieur le président je ne sais quoi dire. Je suis sorti de chez moi avec la certitude d'être l'homme le plus heureux de la terre et aussi l'homme le plus aimé du monde par sa femme ; je suis passé chez le coiffeur et en revenant ma femme m'a bien regardé et m'a demandé : où sont passées les moustaches ? Avant même que je ne lui explique, elle s'est mise à pleurer et à crier qu'elle avait perdu son homme. J'ai beau la consoler et essayer de comprendre sa soudaine colère, peine perdue. Elle a quitté illico notre appartement et s'en est allée vivre chez un de ses frères jusqu'à ce que je reçoive cette convocation à paraître. Le juge comprenant très bien la situation reprit à l'adresse de madame :

-Si monsieur votre mari se laisse repousser la moustache reprendriez-vous votre vie de couple comme avant ?

-Oui, monsieur le président !

Puis au mari

:

-Vous avez trois semaines devant vous pour avoir à nouveau votre moustache……………..Dossier suivant !

Dans la foulée :

Au cours d'un jugement pour divorce, le couple se dispute la garde du fils unique. La mère, très émue, se défend:

—   Votre Honneur... Cet enfant a été conçu en moi... Cet enfant est sorti de mon ventre... Je mérite de le garder!

–

Le juge, tout ému et presque convaincu, laisse la parole au futur ex-mari. Celui-ci utilise son côté pragmatique:

- Votre Honneur, je n'aurai qu'une question: Quand j'introduis une pièce dans un distributeur de boissons, la canette qui en sort est à moi ou à la machine.......

19/ DES SYSTEMES SOCIAUX

Moh, ancien immigré, travaille dans l'hôtellerie et habite dans une cité propre à St Laurent du Var. C'est une cité résidentielle calme et sans histoires. Son appartement est assez grand mais parait pourtant bien exigu.

Qu'on en juge !

Ses huit enfants, sa vieille maman qu'il ne peut quitter pour tout l'or du monde, un chien, deux chats, lui-même et sa femme s'agglutinent dans ce foyer.
Et voilà que Moh accueille, en plus de tout ce beau monde, un visiteur venant du bled comme pour ajouter de l'ambiance au folklore. Ce visiteur a la malchance de prendre, pour dormir, le seul coin de chambre encore disponible et cette chambre-là est mitoyenne de la minuscule et unique salle des toilettes de l'appartement. Le visiteur, finalement, est bien dérangé par la proximité de cette salle d'eau! Il n'arrête pas, en effet, de compter les va et viens vers les wc sans parler du bruit des « bombardements » et de tirs de chasse d'eau.

Lui qui a l'habitude de tant d'espace et de liberté chez lui au bled....

Mais enfin puisqu'il veut visiter cette France dont on lui parle tant, il fallait bien arriver à supporter la situation.

Il osa une solution au problème en expliquant à la femme de Moh :
-Pourquoi faut-il que tu utilises pour la majorité de tes plats cuisinés des féculents et du piquant ? Tu en mets à chaque coup : lentilles, petits pois, haricots secs…….
Sa planche de salut, pourtant, fut l'intervention de la vielle voisine de palier de Moh. Mme Gilles, veuve, ses enfants s'étant envolés vers d'autres cieux pour vivre leur propre vie, habite bien seule dans son appartement, juste en face. Elle est souvent chez son voisin Moh, elle y trouve toute la chaleur familiale qui lui manque, elle est amie de la « petite » famille de Moh de longue date Mme Gilles a fait la connaissance du nouveau venu et comme ce dernier lui a paru d'emblée plutôt sympathique, elle a palabré un bon moment avec lui sur le palier ce matin.

Le visiteur de Moh a fait part de toute la gêne qu'il éprouvait dans cet exigu appartement de son hôte et Mme Gilles, le soir même est venu proposer à Moh, une chambre digne de ce nom chez elle, qu'elle destinait au visiteur. Moh ne sut comment remercier sa voisine philanthrope Mme Gilles et pria son parent visiteur d'aller dormir chez sa voisine.

Le lendemain, le visiteur avait une mine rayonnante il avait passé une nuit si reposante, loin des bruits des toilettes de l'autre appartement…
Au petit déjeuner servi par Mme Gilles, celle-ci eut la réflexion :
-Ah si j'avais su, j'aurai épousé un algérien. Lui dit-elle.

-Pourquoi donc osa demander l'invité ?

-J'ai eu trois enfants et mes enfants ont eu leurs propres enfants et malgré cela voyez ce que je suis advenue : je suis si seule, abandonnée dans cet appartement si vide et bientôt je serai contrainte de le quitter pour peut-être aller dans une maison de retraite et je serais toujours aussi seule sans même la visite des miens jusqu'à mon départ définitif. Chez Moh, ton parent, par contre, tous sont là ensemble à s'épauler en cas de coup dur. Je préférerai, dès lors, vivre dans le bruit de ces « bombardements »

récurrents aux toilettes comme tu dis que dans ce silence luxueux mais infâme.
-Je pense, dit l'invité du jour en discussion à bâtons rompus avec Mme Gilles, que c'est bien de vivre en famille élargie mais il me semble que cela engendre aussi des inconvénients sérieux : lorsque les jeunes dans ces grandes familles trouvent la subsistance assurée, de quoi se payer habits et autres cigarettes et parfois bien plus, ils ne font rien pour aller se débrouiller seuls. Et c'est ce qui se passe chez moi, au bled, où le système phallocratique et matrimonial est de rigueur ! Les jeunes gavés d'argent de poche, surtout lorsque leurs parents ont travaillé en France et possèdent quelque pension en Euros qu'ils changent actuellement à 12 contre un, se retrouvent oisifs donc ouverts à toutes formes de vices et de délinquance.

Mme Gilles, elle, reconnut qu'en France, il fallait se lever de bonne heure et se retrousser les manches pour se frayer de manière individuelle un chemin dans la vie elle dit justement à ce sujet :

-A partir de 18 ans, par ici, il faut pouvoir batailler. Certains jeunes n'attendent pas qu'on le leur fasse comprendre même s'ils peuvent parfois être tentés de profiter encore un peu de la chaleur du cocon familial en s'accrochant à la vie au foyer de leurs parents. Ils savent bien que s'ils ne bougent pas, ils n'auront rien à se mettre sous la dent. J'ai connu une jeune femme qui a voulu mettre fin à ses jours en s'ouvrant les veines du poignet, uniquement parce que ses parents richissimes ont tenu à ce qu'elle reste dans le giron familial alors qu'elle avait un petit ami avec qui elle voulait mettre les voiles, se débrouiller toute seule et vivre sa propre vie à sa manière. Elle a été retrouvée gisant dans une mare de sang dans sa chambre et c'est sa maman qui a eu la chance de la découvrir ainsi au bon moment. Au médecin qui l'a soignée, elle a affirmé en avoir marre de tout ce protectionnisme parental et elle voulait vivre comme elle l'entendait.

-Eh bien ce n'est pas le cas chez moi, au bled, j'ai un fils de vingt-quatre ans, études terminées, il ne travaille pas ni ne cherche d'ailleurs à trouver du travail car pour lui, c'est le travail qui doit chercher après lui.

Son meilleur avocat dans cette situation, c'est sa maman. Elle le chouchoute et lui procure l'argent de poche qu'il lui faut pour ses cigarettes et autres petits besoins quotidiens, et lui se plait dans cette pourtant bien malheureuse condition

....

Le matin il ne se lève jamais avant neuf ou dix heures et c'est l'avocat (maman) qui le « couvre » lorsque je demande après lui :

-Il n'est pas encore réveillé, notre chômeur ? Ne doit-il doit aller fouiner, déposer des CV, trouver ne serait que quelque occupation provisoire ?

-Voyons, me répond toujours ma femme, Laisse-le donc dormir à son aise. Ce n'est qu'un enfant…..

La nuit il ne dort jamais avant une ou deux heures du matin et cela lorsqu'il est assez sage pour revenir dormir à la maison. Et l'avocat (maman) est toujours là pour le défendre, bien sûr.

-Il n'est pas encore rentré notre chômeur ?

-Voyons, va donc dormir ! Tu sembles douter de la capacité de notre fils à pouvoir se débrouiller seul la nuit ! C'est un homme, tu sais…. Ah, bon ? Étais-je obligé de constater : Le matin, ce n'est qu'un enfant, et le soir, un homme.

Mme Gilles acquiesce mais ne se laisse pourtant pas convaincre car pour elle le système de la vie en famille élargie est bien meilleur pour au moins une chose : les vielles personnes sont accompagnées et les jeunes sont aussi quelque part protégés par le cercle familial.

-Va voir, dit-elle, ces malheureux jeunes hommes, mineurs mis à contribution dès le jeune âge et qui vont jusqu'à se prostituer pour avoir de quoi acheter de la drogue ! Tous les systèmes se valent alors ?

20/ ESCROQUERIES ORDINAIRES !

En général il s'habille bien et essaie de fréquenter les endroits où l'argent est largement disponible, endroits, bien sûr, les plus favorables à son business. Son arme favorite : l'utilisation de la religion pour parvenir à ses fins. Par exemple dans ses accoutrements de tous les jours, il s'habille de préférence en blanc, couleur des anges, aime-t-il à dire, il arbore bien en vue un siwak (bâtonnet destiné à se curer les dents), retrousse toujours les manches de son pantalon et tient un discours résolument prêcheur, moralisateur et ne rate jamais la grande prière du vendredi en faisant bien attention à faire remarquer sa présence par tous.

Son meilleur ami Slimane et collègue de travail a acheté ces derniers temps une dinde vivante, bien en chair et a pensé tout bêtement qu'en l'engraissant encore plus il aura à un moment donné un bon repas pour toute sa famille.

Mal lui en prit : il n'a pas su tenir compte de l'avis de sa femme Aouicha.

En effet, à l'arrivée à la maison de Slimane avec le volatile encombrant et malvenu, Aouicha eut une réaction intempestive :

-Où veux-tu bien mettre cette dinde dans un appartement aussi exigu que le nôtre. Tu sais que je suis obligée de débarrasser la cuisine le soir venu pour que tes enfants trouvent où dormir et tu me rajoutes une dinde à entretenir et à loger….

Slimane tout penaud, confus, rétorqua

-Au moment de l'acheter j'ai pensé à la mettre au balcon……

Ainsi fut fait, la dinde intruse fut mise dans le petit balcon de l'appartement mais devant les glapissements et les glouglous répétitifs de la bête, le voisin immédiat vint dire deux mots à Slimane qui obtempéra sans discuter devant le courroux de son voisin. Aouicha se tint prête à défendre son mari et la femme du voisin voyant que ça allait tourner au vinaigre se prépara elle aussi au pire. L'altercation verbale des deux femmes faillit dégénérer sans le profil bas de Slimane. Finalement tout rentra dans l'ordre. Furieuse quand même, Aouicha jura de ne plus prêter à sa voisine ne serait-ce qu'une pincée de sel car l'autre a bel et bien cette habitude de venir chez elle à chaque fois que lui manque du poivre noir, du sel, du gingembre ou de l'huile pour sa cuisine.

-Elle a intérêt à ne pas venir avec son bol pour emprunter des lentilles ou des pois chiches. Clama Aouicha à qui voulait l'entendre.

Slimane malheureux exposa le lendemain même sa peine à son ami Si Omar qui lui régla de suite le problème en lui signifiant :

-Tu sais que moi je n'habite pas comme toi, dans une boite suffocante d'appartement au nième étage mais une villa avec un grand jardin et même une basse-cour bien remplie…. Emmène-moi la dinde et je te la garderais jusqu'au jour où tu voudras la reprendre, seulement il te faudra me payer non pas un loyer, bien sûr, mais juste de quoi acheter de la subsistance à ta dinde.

Le lendemain de la venue de la nouvelle dinde, Si Omar, chez lui, interpella sa femme :
-Dis donc, le tournebroche de ta cuisinière, il marche bien ? Si c'est le cas j'aimerai bien manger de la dinde rôtie…
-Je sais que tu affectionnes de consommer de suite tout ce que tu achètes, alors oui, le tournebroche est en très bon état.

Quelques semaines passèrent et vint le moment où justement Slimane voulait célébrer un événement de sa famille et il a pensé à « sa » dinde pour faire un bon repas de fête à l'occasion.
Il alla chez son ami reprendre la fameuse dinde qu'il lui a confiée et trouva un Si Omar aussi contrit, affligé que « révolté »contre le destin. Presque en pleurs il signifia à Slimane :
-C'est le mektoub, cher ami, je regrette mais cette pauvre dinde s'est fait tuer par un chien errant qui passait par là… Je ne sais vraiment pas quoi penser….
…………………………………………………

Rezki, c'est le poissonnier du coin et c'est l'ami de Si Omar qu'il respecte tellement depuis que ce dernier lui a refilé un tuyau en or dans le cadre de son travail !
Si Omar a en effet conseillé Rezki sur la manière de mieux vendre ses poissons et depuis ce jour-là et à chaque passage de Si Omar devant sa boutique au marché couvert, Rezki, reconnaissant, n'oublie jamais de lui faire cadeau d'une pièce.

Sur le conseil de Si Omar, le poissonnier Rezki s'est ainsi engouffré dans le créneau des ventes de poissons congelés et pour ça la filière est tout aussi juteuse : il achète des produits surgelés et les gonfle en remplissant d'eau le ventre des poissons qu'il recongèle pour que le poids donc la recette soient multipliés. Par exemple il achète des seiches ou sépias ou des tubes de calamar vides surgelés qu'il décongèle et qu'il remplit d'eau avant de remettre à congeler et le tour est joué : le poids double carrément à la revente.

C'est ainsi que Si Omar fait des heureux dans son entourage.
………………………………………………..
Tout récemment, Si Omar reçoit une convocation et doit se présenter au tribunal pour la dernière de ses œuvres : vente illicite de propriété appartenant à l'état.

Histoire de cette vente :
-C'est en hiver que se traitent au mieux les affaires d'achat de terrain, parce que passé ces périodes froides les prix s'envolent. Explique Si Omar à son invité du jour Abdelaziz.

Son interlocuteur, chauffeur émigré à Grinouv (Grenoble) de son état est venu au bled pour passer quelques jours de « facances ». Il acquiesça, convaincu de la justesse du discours de Si Omar, fin connaisseur des transactions immobilières. Abdelaziz est plein aux as car il vient d'échanger ses euros pour 12 contre un alors il se sent en droit de se payer des lubies.

-En fait, cela fait un bon moment que je cherche à acheter un terrain près de la mer où je puisse bâtir une petite maison et y faire venir mes enfants en période estivale.
Si Omar flaira tout de suite l'affaire : il avait trouvé le potentiel oiseau à plumer ! Il s'empressa de préciser :

-Justement, il me reste bien un lot de terrain à très bas prix, du côté des plages et si tu es intéressé, fixons un rendez-vous pour que tu viennes te rendre compte sur place.

Le lendemain, après moult élucubrations, Si Omar, décamètre en mains, se fit un devoir de délimiter bien clairement le lot de terrain « vendu » à son invité. Le témoin n'était ni plus ni moins que le poissonnier Rezki qui joua le jeu à la perfection.

Les papiers ?

Aucun problème, tout est là : permis de lotir, actes de propriété etc....

Aller chez le notaire pour faire un acte ?

Bien sûr ! Si Omar se charge de tout et son acheteur n'avait qu'à payer tout ou partie de la somme convenue et à revenir dans une semaine récupérer ses papiers en bonne et due forme.

C'est de la confiance que naît la crainte d'être arnaqué.

21/ ENSEIGNEMENT DE LA LANGUE AMAZIGH

Tous les grands de ce monde issus de l'amazighité, au lieu de contribuer à l'épanouissement de la langue amazigh, leur langue maternelle, l'ont au contraire occultée causant involontairement sa régression fatale.

Parmi ceux-là, en premier, le grand Massinisa fit donner à ses fils une éducation grecque, Micipsa, Hiempsal, Juba II ne furent pas en reste et firent du grec leur culture de prédilection.

Par la suite, citons Saint Augustin dont on dit (Encyclopédie Wikipédia que je cite): « Il est le penseur le plus influent du monde occidental jusqu'à Thomas d'Aquin qui donne un tour plus aristotélien au christianisme. Malgré tout, sa pensée conserve une grande influence au XVIIe siècle où elle est l'une des sources de la littérature classique française et inspire les théodicées de Malebranche et de Leibniz».

St Augustin a écrit une œuvre considérable tant en quantité qu'en qualité. Il faut citer en particulier « Les Confessions » « La cité de Dieu » et « De la Trinité » et j'ose un instant imaginer que ces illustres écrits le soient en sa langue maternelle c'est-à-dire Tamazight » (St Augustin, d'origine berbère, est né le 13 novembre en Numidie Taghast Souk-Ahras actuellement)

Ainsi, autant St augustin fut un maitre de la langue et de la culture latine, autant il n'a jamais comme les premiers cités, aidé à l'épanouissement de sa propre langue amazigh.

Apulée (en berbère Afulay) fut lui aussi grand écrivain ; orateur et philosophe né en 123 à Madaure (M'daourouch) connu pour son œuvre poétique et philosophique dont son roman en latin « Métamorphoses » ou « L'Ane d'or » de renommée mondiale qui a fasciné les lecteurs depuis des lustres et qui a fourni des thèmes à des centaines d'écrivains, poètes, peintres, sculpteurs et autres. Imaginons un seul instant qu'Afulay se soit mis un jour à mettre en valeur sa langue maternelle et à n'écrire ne serait-ce qu'une partie de son œuvre en tamazight….

Parmi les grands personnages berbères qui mirent leurs capacités autant guerrières que culturelles et éducatrices au service d'autres civilisations citons quelques-uns:
- Tariq ibn Ziad qui a conquis la péninsule Ibérique à la tête de dix mille berbères au profit des monarchies orientales qui s'installèrent et y pratiquèrent à souhait orgies et danse du ventre jusqu'à leur éviction de l'Espagne actuelle.
- Al Mansour, considéré comme le véritable fondateur du Califat Abbasside

- Bologhine Ibn Ziri fondateur de la dynastie Ziride construisit la ville d'Alger sous le nom berbère de Mozgharéna qui, en fait, s'appelait « *timeghra nagh* » traduit du berbère par « *Notre Capitale* »

-Abbas Ibn Firmas, poète et astrologue considéré comme le précurseur de l'aéronautique.

Et encore tous ces écrivains d'expression arabe ou française tels que Moufdi Zakaria (œuvre en arabe), Mouloud Feraoun (d'expression française), Eric Zemmour, et tous ces chanteurs d'origine berbère qui portent haut l'étendard d'autres langues telles que l'arabe (musique chaabi) et j'en passe et des meilleures !

Tout le monde peut observer cet étrange mais réel état de fait : lorsque dix Berbères se réunissent à discuter entre eux en tamazight et qu'une onzième personne Arabe par exemple (ou même Chinoise ou Vietnamienne) se joint au groupe, c'est automatiquement les dix qui se mettent fatalement à parler dans la langue arabe du seul nouveau venu comme pour lui plaire subitement et qui mettent de côté tout à coup leur langue maternelle. (Comportement identique chez les Français devant les anglicismes)

Le jour où nous Amazighs ne serons plus si philanthropes ou, en fin de compte, si présomptueux et si hardis au service des autres, ce jour-là nous pourrions prétendre voir notre langue s'imposer sans l'appel du Rapporteur spécial des Nations Unies à renforcer la place de Tamazight au sein de l'enseignement en Algérie.

LANGUE AMAZIGH ET FABLE A MOI

« C'est quand les accents graves tournent à l'aigu que les sourcils sont en accent circonflexes » PIERRE DAC (Pensées)

Une femelle en chaleur rencontra son bel animal de voisin qui déambulait détendu, serein dans les parages.

Tiens ! Se dit la femelle en chaleur, pourquoi pas lui ? Il est bien beau et il fera bien l'affaire !

Et de l'aborder avec tout le charme exigé pour la circonstance :

-Tu ne veux pas …de moi ? Lui susurra-t-elle ?

-Actuellement, répondit le flegmatique, je n'y pense même pas, bien occupé que je suis à chercher un os dans les environs…

La femelle insista quand même :

-Si tu me dis comment s'appelle le cri du chat je te ferai bénéficier à volonté de mes charmes !

Le flegmatique simula ostentatoirement de réfléchir. Il connaissait bien la réponse mais pour refuser courtoisement « l'alléchante » offre, il décida de donner une réponse fausse :

-Eh bien c'est facile : c'est le beuglement…….

La chienne, irréductible mais rusée, voyant une si belle occasion risquer de s'évanouir déclara pourtant :

-Bravo…… tu as gagné, je suis obligée de céder ……!

Ainsi, au sujet des langues qui absorbent sournoisement d'autres langues ! Nous sommes, hélas bien tenus d'admettre que les principaux motifs de la destruction insidieuse mais réelle d'une langue sont avant tout, le fait de ses propres utilisateurs.

Je veux dire par là que quelle que soit une langue qui risque de mourir, elle mourra des mains même de ses propres sujets et pas tant que cela des mains de ceux qui paraissent être les ennemis de cette langue même s'ils font bien sûr des prouesses en ce sens.

Ainsi, il suffit à certains d'entendre prononcer des sons à l'accent exotique (darling..ok..thank you sir ..), qu'ils sont, de suite, inexplicablement subjugués par ce qu'ils considèrent comme une mélodie.

Ils sont alors de suite mis d'eux-mêmes injustement en position d'infériorité et oublient que derrière la langue, vient toute une civilisation, toute une autre manière d'être qui étouffera forcément leur propre manière d'être.
Cela s'appelle un suicide !
……..
Ces derniers temps, je n'arrive plus à trouver facilement les mots pour m'exprimer confortablement dans ma langue maternelle, le kabyle. Ma langue est en train d'agoniser, de se perdre sous les coups de boutoir de ses ennemis.

Parfois je m'extasie devant tant d'aisance et de beauté ainsi que d'originalité des discours en kabyle que j'apprécie écouter venant de ces rares personnes n'ont pas eu trop de contacts avec la ville et tous ces moyens fourbes qui font « oublier » aux gens l'usage de leur langue au profit d'une autre, l'arabe.

Ces moyens sournois, sont multiples, chaines de télévision qui n'utilisent le kabyle (la langue) que pour imposer l'autre langue, radios aux programmes tout aussi méphistophéliques qui vont au plus profond des villages tels le cheval de Troie pour prêcher « la bonne parole » et faire apprécier à l'usure l'autre langue, journaux etc…. On peut recenser un bon bout de ces moyens machiavéliques pour persuader les Kabyles de ne pas parler kabyle et le meilleur de ces moyens utilisés sont pratiqués gaiement par des Kabyles même pour faire mieux passer la pilule.

Oui je perds de plus en plus espoir de voir un jour ma langue (nationale, s'il vous plait) se refaire une beauté en devenant officielle
Ai-je raison, ai-je tort ?

PARRALLELE

Oui, le parallèle, je n'hésite pas à le faire car la langue française est en train de vivre sous nos yeux la même décadence mortelle.

Et les moyens sont tout aussi sournois pour contribuer à la suprématie d'une langue qui fut son antagoniste de toujours et qui est maintenant admise et choyée de façon surprenante par ceux-là même qui se doivent légitimement de limiter sa pratique chez eux et ailleurs

Et les medias, dans ce projet de déchéance programmée ne sont pas en reste pour achever la bête, la belle bête.

-En effet, Molière et sa langue se sont fait doubler dans les shows télévisés (« ze voice » par exemple) et sont devenus synonymes de « has been ! » qui pour se faire photographier doit maintenant sourire en disant « Cheese » !

-En effet, Molière et sa langue qui pour des bas motifs d'argent doit admettre de « bonne grâce » en son sein des anglicismes ridicules.

Toujours sous le despotisme de la sacro-sainte Economie, les chaines de télévision qui contribuaient, si ce n'est au développement tout au moins au maintien de la présence de la langue française dans toute la francophonie ne peuvent plus se faire capter sans l'achat de cartes toujours plus onéreuses et impossibles parfois à trouver pour des millions de francophones et francophiles hors hexagone.

Beaucoup de chaines de télévision qui contribuaient largement au rayonnement de la langue, facilement captées il n'y a pas si longtemps, se voient maintenant parées du terme anglais « Scrambled » lorsqu'on veut y accéder.

Ainsi nous assistons au déclin de la belle langue, un déclin inexorable, un déclin mu par ceux-là même qui se doivent de la défendre et qui préfèrent se soumettre à la loi de l'argent.

Je suis Kabyle et Francophone…..je meurs!

22/ LE TRAIN

Dans une zaouïa administrative de chez moi à Bejouira, entre un Japonais qui veut investir dans le bled. Cet investisseur a bien ficelé son projet de revente de voitures neuves pour une marque très connue dans son pays et dans le monde.

A la zaouïa on lui a demandé de présenter tout un dossier administratif et d'attendre qu'on veuille bien lui donner une autorisation en ce sens mais on l'a prévenu, la direction et les décideurs se trouvent à l'autre bout de la région car ils appartiennent à une autre tribu que celle qui travaille ici, dans cette agence. Tribalisme en 2010 s'étonna le Japonais ?

Il a donc déposé son projet, attendu, attendu et attendu …. Et un beau jour excédé, la réponse ne venant pas, il se présenta devant le préposé aux infos de la zaouïa pour s'entendre dire: *Nous sommes en train* d'étudier votre dossier par la voie de l'informatique et cette voie-là n'est pas si diligente que ça et nous gêne énormément dans notre tâche.

-L'informatique vous gêne ? Je croyais, réagit-il que c'était un outil qui devait plutôt engendrer du gain de temps et une célérité dans l'étude de chaque cas ?

Le pauvre Japonais n'avait pas compris qu'à Bejouira on n'aimait pas l'informatique pour la bonne raison que c'était trop sécurisé, trop sérieux et ordonné et cet état de fait ne permettait pas de se remplir les poches ou alors pour ce faire, il faut être un vrai hacker mais là encore l'ennui c'est qu'il faut avoir longtemps étudié l'informatique, chose que les Bejouiriens détestent par ailleurs ! Cependant il y a quand même à Bejouira un secteur qui profite à fond de cette manne qu'est l'informatique : c'est le secteur culturel, et particulièrement celui des chansons. En effet depuis l'avènement des logiciels pointus d'écoute et de mixage on les utilise à souhait pour........écrire de nouvelles chansons.   C'est simple : il suffit de sélectionner quatre ou cinq chansons anciennes et de les donner au logiciel de l'ordinateur qui retient telle strophe musicale avec des nuances précises puis telle autre avec d'autres nuances pour   « composer » une chanson « inédite » : du « réchauffé informatique »

Alors, il suffit d'écouter les nouveaux albums et d'avoir une oreille un peu attentive pour s'apercevoir qu'on écoute plutôt du « réchauffé » Quelle effronterie, quelle insulte à la créativité artistique et à la culture !

Dire que l'informatique est sensée apporter l'émancipation.
....
Le Japonais revint quelques jours après pour s'entendre dire encore : *nous sommes en train de....*

Mais cette fois-ci, en plus de la laconique phrase, le préposé tenta une explication, subitement conciliant, espérant quelque dessous de table : Ne vous en faites pas j'espère que ça ne tardera pas à s'arranger. Revenez donc, disons demain.....
Le Japonais revint le lendemain et un autre préposé (celui qu'il a l'habitude de voir n'étant plus là) on lui fit comprendre encore : *nous sommes en train de.....*
....

Il était exaspéré au plus haut point et prit sa décision d'abandonner.

Avant de retirer son dossier, il dit au préposé : *quand donc allez-vous descendre de ce train*, il n'arrive jamais en gare ou quoi ?

23/ MARIAGES MIXTES

Elles sont arrivées aujourd'hui au port de Bejouira sur un bateau qui aurait pu passer inaperçu si ce n'est l'information les concernant qui a circulé par le biais de « Radio Trottoir »

Tout le monde finalement, en un rien de temps, a été mis au courant.

A leur descente du bateau que de badauds et de gens intéressés par leur arrivée.

Ah ces belles Françaises : elles sont rayonnantes ! On voit tout de suite qu'elles viennent d'un pays aisé ! Elles sont bien portantes, la démarche altière, le look de stars. Elles sont jeunes et belles, elles sont gracieuses et élégantes.

C'est incroyable comme le port de Bejouira rayonne avec l'arrivée de ces invitées de marque.

Les listes et les passeports biométriques sont là et à leur descente du bateau les charmantes vedettes du jour ne passent même pas pour les formalités de douane et de police : toutes les démarches ont été accomplies auparavant par leurs guides et les autorités locales ont tout fait pour faciliter la procédure. D'ailleurs, en France, avec les papiers (et les sans-papiers d'ailleurs) on ne badine pas, c'est connu.

Ce qui fait que les employés en casquette ont tout le loisir de se « rincer l'œil » à souhait, accoudés à leur coin de bureau ou debout sur le pas de porte. Ils regrettent seulement de ne pouvoir « bénéficier » de quelque pourboire, un parfum ou une bonne bouteille (oui on boit pas ici, c'est haram ?...ha ha ha ha)

C'est impeccable, quel beau jour : il n'y aura plus jamais de « harragas », ces jeunes gens qui risquent leur vie à vouloir traverser la méditerranée sur des barques de fortune pour rejoindre l'autre coté (France, Italie, Espagne), l'eldorado et pour y trouver ce qu'ils appellent « el khobz oua tizz » c'est-à-dire abondance de pain et belles femmes. Eux qui se savent guettés par les requins dans le cas où leur barque chavire et par les garde-côtes pour les mettre en prison si jamais ils reviennent.

 Oui ces jeunes aventuriers ne voudront plus demander de visa pour aller en France puisque la raison majeure de leur quête jamais satisfaite est désormais inutile, nulle et non avenue, Ils n'ont pas besoin d'aller les chercher ou de les demander en mariage sur Internet puisque « Elles » sont là, chez nous, à notre portée, enfin....alors à quoi bon le visa ?

Le consulat de France? Il va maintenant déménager : restera-t-il en place pour grignoter dans le budget de l'état s'il ne fournit plus de visas ?
Le bateau se vide peu à peu, un vent froid se lève et les nuages s'accumulent. La mer montre sa désapprobation de perdre une si charmante compagnie au profit de la terre ferme. C'est la vie ! Les séparations sur le bord des quais, c'est toujours dur à vivre.
Il ne reste plus qu'à conduire ces charmantes invitées chez leurs nouveaux chanceux d'élus de leur cœur.

Ils sont tous là d'ailleurs et ne se gênent pas d'en choisir parmi elles, une ou deux ou vingt ou par camion puisque par ici dans cette société phallocratique, on est polygame de père en fils et on peut en avoir autant qu'on désire.
....

Le ministère de l'agriculture de Bejouira a négocié un important accord avec les autorités agricoles françaises pour l'importation d'un nombre conséquent de vaches de Normandie. Le premier arrivage est prévu ce jour au port de Bejouira.

24/ MALEDICTION DE CANAAN ET BERBERES

Selon Wikipédia, qui cite une interprétation judaïque de la « Table des Peuples » (la Table des peuples est une liste des descendants du patriarche Noé qui apparaît dans l'ancien testament genèse 10) Canaan fut l'objet de la malédiction de son grand-père Noé.

Par la suite sa descendance peupla « le Pays de Canaan » qui correspond au Moyen orient actuel, Israël, Liban, Jordanie.
Selon certaines sources d'histoire que cette explication intéresse pour diverses raisons, les Berbères forment un peuple descendant de Mazigh, fils de Canaan le maudit et colonisèrent avec le temps l'actuelle Afrique du Nord que les Arabes conquirent ensuite et qu'ils appellent désormais « Le Maghreb »

Alors, dès lors que l'on accepte cette interprétation de l'appartenance des Berbères au clan de Canaan, faut-il parler de malédiction berbère héréditaire ?
Personnellement, je n'adhère aucunement à cette thèse mais ne faut-il pas se poser quand même des questions ?

1/ Au niveau de la langue.
Comment ne pas croire en l'anathème lorsqu'une langue aussi ancienne que la langue Amazigh ou Tifinagh, n'est jamais arrivée à dépasser le stade de sous-fifre par

rapport à d'autres langues, malgré actuellement plus de 45 millions de locuteurs avérés.

2/ Au niveau du développement

Pourquoi faut-il que les berbères trouvent leur épanouissement ailleurs que chez eux ? Si on devait réunir toutes les « têtes pensantes », tous les intellectuels, tous les scientifiques qui font le bonheur des sociétés occidentales et même orientales on ferait un bel ensemble. Toute cette diaspora (la deuxième langue parlée en France après le français est bel et bien le Berbère) réunie chez elle n'aurait-elle pas contribué à faire de la Berbérie (Thamazgha) un même pays puissant ?

3/ Au niveau de l'histoire

Quelle que soit la version de l'histoire que chacun adopte selon ses propres besoins ou convictions au sujet des Berbères, il faut reconnaître que ces derniers ont une histoire très mouvementée. Les versions sont nombreuses, nous pouvons en citer quelques-unes.

Selon Ibn Khaldoun, entre autres, l'origine des Amazigh est Chamitique (Mazigh fils de Canaan, fils de Cham, fils de Noé).

Selon Thomas Shaw, les Berbères sont les descendants des Vandales de Genséric (Thèse que moi, mes proches, mon entourage immédiat, berbères de souche, au physique bien nordique approuvons totalement).Il faut juste préciser que Genséric, germanique issu du sud de la mer Baltique a battu les Romains et leur puissance déjà au 5ème siècle avant JC avant de continuer son odyssée vers l'Afrique du Nord et ce sont ces derniers vaincus (les Romains) qui ont surnommé leurs ennemis jurés, les Vandales sous Genséric, des hordes barbares, terme qui est resté pour les Berbères.
Selon Laurent-Charles Féraud (1863) des monuments dits celtiques découverts à Constantine attestent de l'origine nordique des Berbères

Guiseppe Sergi, lui, ne pensait pas que les Berbères provenaient du Nord mais que la race nordique au contraire provenait du Sud c'est-à-dire de l'Afrique du nord. Cela voulant dire que l'origine des peuples nordique était Berbère.

Hans Gunther, raciologue du Troisième Reich et Alfred Rosenberg, théoricien du nazisme pensaient que les Berbères sont des descendants des peuples aryens nordiques.

Alors........malédiction ?

25/ CANAAN FILS DE CHAM FILS DE NOE ...ET LES BERBERES

Sauvé du « Déluge », un jour copieusement saoulé au vin, Noé enleva ses vêtements et s'étendit tout nu sous sa tente, il avait chaud. C'est Cham un de ses fils qui le vit le premier dans cet état plutôt indécent et fâcheux. Il court raconter la chose à ses frères et ces derniers après concertation vinrent vers Noé en marchant à reculons pour le couvrir d'un manteau. Après son état d'ébriété Noé apprit exactement ce qui s'est passé et se courrouça contre Cham mais au lieu de blâmer ce dernier il maudit plutôt Canaan le fils de Cham. (Une théorie de l'ancien testament soutient que la faute des pères retombe sur les fils ou les descendants de celui-ci.)

Ainsi, les quatre fils de Cham fils de Noé, qui se nomment Koush, Misraim, Put et Canaan (le maudit) s'en allèrent chacun de son côté pour occuper des terres nouvelles et y proliférer. Koush évoque l'Ethiopie, Misraim, vint en Egypte (pour lui donner son nom, Misr) Put est parfois rattaché à la Lybie et enfin Canaan le maudit prit la région côtière entre Palestine et Phénicie (Liban actuel)

Il faut souligner ici que Canaan n'est jamais associé à l'Afrique et plus précisément à l'Afrique du nord des Berbères.

Cela donc est la légende racontée par la bible (genèse 9,18 ; 9,25 ; 10,6 ; 10,15 etc..) et qui n'a aucun fondement scientifique pour expliquer le peuplement de la terre. Allons dans le vif du sujet.

C'est à partir de cette légende que la thèse de l'origine Cananéenne des Berbères va s'amplifier de siècle en siècle. Cette thèse est plus ou moins fortement véhiculée selon qu'elle arrange les envahisseurs successifs qui ont tour à tour fabriqué de toutes pièces l'histoire des Berbères jusqu'à nos jours. Et de nos jours encore, chacun y va de sa propre interprétation sur l'origine des Berbères. Une origine pourtant tout à fait claire : les Berbères ont toujours vécu en Afrique du Nord et ne sont venus ni de Mars ni de Neptune. Ce qu'il faut leur reconnaître c'est leur courage d'avoir subi tant et tant de colonisateurs et d'être encore là, indemnes !

Je comprends que Saint Augustin apporte sa contribution à cette légende des origines Cananéennes des Berbères. Saint Augustin, un des plus célèbres théologiens de l'histoire de la chrétienté, lui-même d'origine berbère et évêque d'Hippone (actuelle Annaba), est tout naturellement tenu d'avaliser, de cautionner, de respecter et même de divulguer cet avis biblique discutable sur l'origine des Berbères.

Je comprends qu'un savant Arabe tel qu'El Bekri, défende, au dixième siècle, cette thèse pour justifier la présence de ses concitoyens en Afrique du nord. La justification en question (que je trouve étrange puisqu'elle vient d'un livre de "mécréants"), était toute simple et le raisonnement consistait à dire que les terres d'Afrique du nord, prises par les Cananéens venant de l'actuel Moyen-Orient, pouvaient dès lors tout aussi bien être colonisées « légitimement » par les Arabes étant donné qu'elles n'appartenaient à personne.

Ibn Khaldoun a, lui aussi, repris cette thèse, peut-être par conviction personnelle, par contagion littéraire ou par souci de contribuer absolument mais de manière plutôt confuse, à l'histoire sans chercher à développer la réalité historique.

Il a affirmé dans son livre « Histoire des Berbères » que « les Berbères sont les enfants de Canaan, fils de Cham fils de Noé. Leur aïeul se nommait Mazigh, leurs frères étaient des Gergéséens, les Philistins étaient leurs parents. Le roi, chez eux, portait le nom de Goliath (Djalout) ».

Il suffit pourtant d'aller par exemple sur les Iles Canaries, de prendre quelques éléments qui ont servi à confectionner des tombes berbères en forme de petites pyramides (comme quoi, même les pyramides d'Egypte ont leur ancêtre et cet ancêtre est Berbère) et de les dater pour se rendre compte que les Berbères étaient ici chez eux peut-être avant Noé même.

26/ MALEDICTION ACCOMPLIE ?

La malédiction de Noé fut destinée à Canaan pour une faute commise par Cham son père. « Sois maudit, Cham et puisses-tu être l'esclave de tes frères » fut le contenu de l'anathème lancé par Noé à destination de son fils.

Le motif du courroux de Noé fut relatif au fait que Cham « découvrit la nudité de son père » mais selon une certaine interprétation cette phrase signifiait bien plus que ce qu'elle pouvait expliquer de prime abord. (On parle de « la nudité de son père » comme de « la femme de son père » et d'autres interprétations vont encore bien plus loin dans la perversion.)

Pour l'Islam, Noé, (sidna Nouh), tout prophète d'avant même le Coran et d'une moralité exemplaire qu'il était, ne pouvait pas avoir bu de l'alcool (proscrit) même si, en fait, selon la Bible, ce fut justement cet état d'ébriété qui fut à la base de cette mauvaise histoire de famille et du courroux de Noé qui en arriva à cet épisode avilissant et blasphématoire.

La malédiction, dont le degré est égal à la gravité du mobile, se réalisa peu à peu plus tard dans le temps mais déjà Cham dans sa vie perdit peu à peu tout sens de la décence, commença à bronzer malgré lui et fut appelé impudique, impur pour le reste de ses jours.

Le bronzage continua avec Canaan puis avec les Phéniciens, ses descendants qui quittèrent leur contrée d'origine, (actuel Liban à peu près), pour conquérir d'autres rivages dont l'Afrique du Nord, le pays des Berbères Imazighens.

Le bronzage et le mauvais sort continuèrent aussi chez les Berbères avec lesquels ces Phéniciens se mélangèrent en venant commercer ou trafiquer chez eux. De vrais Phéniciens vivent encore en communauté en Petite Kabylie et sont appelés Ifnayens ou Ifniquens.

La malédiction s'est réalisée de plein fouet chez les Berbères puisque ces derniers, peuple fratricide s'il en est, ne parvinrent jamais à s'unir pour fonder une vraie communauté soudée de toute leur histoire et ils sont eux-mêmes les artisans de leur perte notamment en ce qui concerne cette mort irrémédiable de leur langue maternelle et de leur culture à l'origine même de la culture pharaonique d'Egypte, qu'ils contribuent encore aujourd'hui à tuer à petit feu au profit d'autres langues et cultures.

Enfin la malédiction s'est réalisée tout à fait dans le sillon de l'itinéraire de Canaan et de ses descendants avec les peuples d'Afrique Noire car c'est là que le bronzage arriva à son maximum et devint noirceur absolue de la peau pour faire des peuples de ces contrées des esclaves durant toute une longue période jusqu'à son abolition récente fin 18ème siècle.

Noé, sidna Nouh, ta malédiction s'est réalisée et a fait subir beaucoup de dégâts.
Noé, Sidna Nouh, je t'en conjure…..arrête les frais et fait en sorte que ta malédiction cesse au moins chez les Berbères dont je suis issu !

27/ BELLE LANGUE

Originaire de Bejouira et émigré à Narbonne depuis les années 1975, Si Ahmed n'est pas nouveau en France. Pourtant il n'arrive pas à s'y faire. Le français, pour lui est une belle langue mais de là à apprendre à s'en servir comme il parle son parler natal….

Sa femme, Taos, elle, est mieux lotie car ne travaillant pas elle dispose de bien plus de temps pour apprendre. Les voisines, des françaises de souche ont pu lui enseigner peu à peu les méandres de la langue de Molière et devant Si Ahmed son mari elle est……..incollable ! Quand il l'entend parler français, il ne peut qu'en être fier et parfois il lui dit : « J'ai épousé une française.»

D'ailleurs la corvée des nouvelles vers le bled revient toujours à..Taos alors qu'au départ Si Ahmed devait payer l'écrivain public du coin. Lorsqu'en « facances » ils reviennent à Bejouira en été, c'est le savoir personnifié, incarné, l'université elle-même qui arrive au douar!

A Narbonne, leurs enfants sont par contre bien intégrés sauf qu' à l'école ce n'est pas toujours rose et dans ce cas Taos utilise ses inestimables connaissances linguistiques de français pour bien se défendre devant ces incroyables maîtres d'école et leur directeur, par des billets éloquents.

Jugez-en :

« -Je suis révoltée, monsieur le directeur : à la cantine, les surveillants l'ont obligés à sucer tous les morceaux de la poule !

-Madame, mon fils n'est pas venu à l'école aujourd'hui car ses chaussons étaient troués, en plus mon fils n'aime pas sa maîtresse et mon mari non plus !

-Ma fille n'arrête pas d'être emmerdée par des garçons plus grands pendant la récréation qui lui soulèvent ses jupes pour la regarder ou même mettre des doigts.

-C'est mon fils à moi et je n'ai pas à vous donner de raisons valables de pourquoi il a manqué la classe, d'ailleurs, dès qu'il rentre de l'école il vomit toute votre cantine.

-J'avais des besoins et j'ai utilisé ma fille, c'est pour ça qu'elle a été absente.

-Demain mon fils sera absent car je pense qu'il sera malade, vu que c'est l'examen et vous lui passez l'oral par écrit, alors…

-Excusez mon fils, il a des excuses.

-Ne touchez plus ma fille, il y a déjà son père pour ça.

-Son résultat est très mauvais, vous êtes prof et vous ne savez même pas prendre ma fille dans le bon sens.

-Excusez ma fille, elle était avec moi à mon enterrement.

-C'est moi qui vous le dis : s'il est trop discipliné, tapez sur mon fils.

-Si vous ne croyez pas les mots d'excuse que je fais à mon fils et à ma fille, vous n'avez qu'à demander à leur père puisque c'est lui qui les faits. »

28/ FATAL EBLOUISSEMENT

Si j'étais ton Créateur, je t'aurais appris à freiner tes ardeurs dans tes moments de grâce et d'exaltation outrancière et je t'aurais ouvert les yeux pour que tu reconnaisses ta qualité d'infime grain de sable dans les rouages de l'univers. Car tu es si hautain si méprisant, si dédaigneux lorsqu'il t'arrive de croire être à ma place.

....

Ecoute ! Si on t'avait dit qu'un jour, tu marcherais à pied, le long de la route, avec un jerrycan d'essence au bout du bras, tu ne l'aurais pas cru. Pas sur la nationale qui passe derrière chez toi, pas à cinq minutes à pied de ta villa. On tombe en panne au bout du monde, au coin d'un bois, au bord d'une falaise, aux portes du désert, pas dans l'allée de son garage, entre le portillon électrique et la boîte aux lettres. Pourtant, cette nuit, tu marches et tu sais que la station-service la plus proche est à douze kilomètres. Une fameuse distance, à tailler dans le noir, guidé par la peinture blanche au bord de la route, la silhouette des poteaux parfois et la lumière aveuglante des phares, de temps à autres.

Les voitures te dépassent sans s'arrêter.

Un homme seul au bord de la route, ça fait peur. On appuie sur la pédale, le moteur gronde et toi, toujours silencieux, tu vois les feux rouges s'éloigner, rapetisser puis disparaître. Tu marches sans tourner la tête et cette solitude te fait un bien fou. Même si le bidon de plastique pèse dans ta main, même si le bruit de l'essence secouée flique et floque au rythme de tes pas, tu savoures le calme de cette route de nuit.

Tu te demandes d'ailleurs pourquoi tu marches si rarement, pourquoi, comme tous les autres, tu t'assieds derrière ton volant pour le moindre déplacement. Sans doute parce qu'on a toujours payé ta voiture, ton essence, ton assurance. Parce que tu travaillais pour une des plus grosses compagnies pétrolières aussi. Tu roulais en quatre-quatre comme tu portais la cravate, le costume trois pièces et les valises pleines de billets pour graisser les rouages des administrations un peu poussiéreuses. Tu en as vu, du paysage : des pays sans touristes en Asie du sud-est, des coins reculés en Afrique et des anciennes républiques soviétiques, dont tu n'as pas même retenu les noms; tous ces paysages, tu les as regardés de haut tandis que ton jet atterrissait, puis défiler derrière les vitres teintées des voitures de fonction, avec chauffeur et air conditionné, tu avais de la chance, c'est ce que tout le monde disait autour de toi, un boulot bien payé, qui te faisait voyager, un employeur royal, qui n'avait jamais hésité à récompenser ta fidélité : vacances au Vanuatu, aux îles Fidji, à la Barbade, tu aurais pu te lasser des îles et des mers vertes mais tu as profité de tout ça sans compter et tu n'as jamais imaginé que tout cela pourrait avoir une fin.

Et te voilà, dans une aventure que tu ne pouvais même pas imaginer, un jour en être l'acteur.
Un acteur pris au piège tendu par le témoin lumineux d'une jauge d'essence stupide au tableau de bord de ta voiture qui n'a pas daigné s'allumer lorsqu'il le fallait.
Mais la vie, tu l'admets, toi l'habitué des changements, est ainsi faite de surprises, de faits subits auxquels on est toujours loin de s'attendre.

Où suis-je donc ? Te poses-tu la question combien ai-je parcouru de kilomètres depuis que je suis reparti de la station-service ?

Tu commences bien à te poser des questions car voilà que tu ressens quand même un peu de fatigue et que tu commences bien à sentir le poids du jerrycan plein au bout de ton bras. Ton cœur bat un peu trop à ton goût et tu ressens même une gêne, un genre de brûlure au milieu de la poitrine, mais, te dis-tu : ça va passer, ça ira.
Et dans ta fatigue et ta marche forcée voilà que tu arrives maintenant à hauteur d'un carrefour et là tu te dois de te poser une autre question bien plus embarrassante celle-là :

-Je ne me suis pas rendu compte de l'existence même de ce carrefour en venant tout à l'heure ! Peut-être qu'au moment exact de mon arrivée à son niveau j'étais tellement préoccupé et pressé d'arriver à la station, le jerrycan vide (j'avais des ailes en quelque sorte) que j'ai dépassé le coin sans me rendre compte qu'il y avait un croisement de routes à cet endroit.

Ou alors, peut-être bien aussi que des phares de voiture venant en sens inverse à ce moment-là précis, m'auraient aveuglé au point de ne pas m'en être rendu compte.
Tu es bien obligé maintenant de t'arrêter complètement et de ne reprendre ta marche que lorsque tu auras répondu à cette autre question encore bien plus grave : quelle voie des deux emprunter pour revenir à l'endroit où tu as laissé ta voiture? Par où es-tu donc venu ? Par la voie de gauche ? Par la voie de droite ?

Réfléchis bien, c'est sûr avec ces ténèbres envahissantes, tu n'es pas près de bien pouvoir t'orienter mais concentres-toi tu trouveras bien la bonne issue.
Comment toi, qui as l'habitude de répondre à des questions si importantes de stratégie concernant la voie à suivre pour que la grande société pétrolière qui t'a nourri jusqu'à présent puisse déboucher sur des solutions économiques viables, sur de larges bénéfices,

Toi qui a contribué au rayonnement de tout le groupe pétrolier qui est maintenant une grande et tentaculaire multinationale,
Toi le fin stratège et l'intelligent dirigeant émérite qui as jeté des ponts là où d'autres ont hésité puis échoué,
Toi qui établis des accords commerciaux décisifs là où de prime abord la moindre approche relevait de l'utopie.
Toi qui as toujours su prendre des risques et transgresser certaines règles figées et dépassées.

Toi le rusé négociateur qui es arrivé à obtenir par ta diplomatie des périmètres d'exploitation dans des pays hostiles même à l'implantation de ta compagnie pétrolière chez eux,

Toi, enfin, tu n'arrives pas maintenant à résoudre cette petite équation qui se présente à toi ?

Oui, dès lors, tu es bien obligé de t'en remettre à un raisonnement par l'absurde : tu es à peu près à mi-chemin du retour donc tu n'as qu'à prendre la voie de droite et compter en marchant à peu près pendant six autres kilomètres et si tu ne trouves pas l'endroit où tu as abandonné ta voiture tu rebrousseras chemin et une fois revenu à ce carrefour, tu reprendras alors à gauche et là tu es sûr d'être sur la bonne voie. N'est-ce pas là un raisonnement juste à défaut de trouver une autre solution ?

Un vent glacé semble maintenant soulever les feuilles mortes des arbres du bois tout proche et à bien regarder autour de toi au moment de cette halte imposée, tu perçois vraiment ta solitude. Et cette solitude est d'autant plus marquée par la raréfaction des voitures sur la route ! Tout à l'heure, il y avait bien plus de voitures qui allaient et venaient dans les deux sens de la route en la balayant des faisceaux lumineux de leurs phares et là à ce croisement il semblerait que les automobilistes se soient donné le mot : aucune voiture depuis que tu es là.

Il te faut maintenant prendre ta décision de continuer ton cheminement en allant vers la droite ou vers la gauche.
……..

Tu as pris, en ton âme et conscience la route de droite, tu te sens un vainqueur né et tu es convaincu que ta bonne étoile te mènera au bon endroit. Tout à l'heure, lorsque le vent s'est levé au carrefour, tu ne voulais pas remarquer cette lueur bleutée qui s'estompait puis réapparaissait tout au fond du bois et là maintenant que tu te

rapproches de ce bois encore plus sombre, le ciel devenant de plus en plus caché par les arbres, cette lumière s'est encore fait voir de façon bien plus nette !
Que signifie donc cette lumière ?

Tu es loin du carrefour et la masse très sombre et ténébreuse de la foret dense te noie tout à fait ! Réfléchis bien, serais-tu donc passé par là en allant vers la station ? As-tu déjà ressenti cette impression d'étouffement tout à l'heure en venant ou alors étant passé en coup de vent tu n'as pas ressenti cette peur qui dorénavant t'envahit ?
Oui, tu as de plus en plus peur et tu commences à t'affoler, tu as peur de ne pas avoir pris la bonne décision au carrefour : à droite, à gauche ?

Mais tu as peur aussi d'autre chose, tu as peur de quelque chose d'indéfini, de cet environnement hostile, de ce noir absolu et de tout se qui se cache derrière que tu ne sait même pas imaginer.

La fameuse lumière remarquée tout à l'heure au carrefour est là juste en face. On dirait qu'elle s'accroche à un des arbres surplombant le fossé, puis elle change d'arbre où s'accrocher et elle en change de plus en plus, elle suit ta progression, toi sur le milieu de la chaussée, et cette boule de lumière de tronc d'arbre à tronc d'arbre !

Non ne t'affoles pas, ne lâche surtout pas le jerrycan d'essence, tu en as besoin, tu vas redémarrer ta voiture avec.....
Fixe bien des yeux cette illumination. Qui est donc derrière cette lumière ?
Oui tu peux crier ! Crie de toutes tes forces mais ne t'emballes pas, toi qui as toujours su trouver les solutions qu'il faut...

La lumière serait-elle sensible à ton cri, elle s'estompe, peu à peu.....elle s'éteint !
Ouf !

Tu commences à te rendre compte que tu n'as pas pris, finalement, la bonne décision, car voilà qu'apparaît maintenant tout au bas de l'accotement, une clairière avec juste quelques arbres parsemés et au milieu de celle-ci : un cimetière !

La lumière refit surface mais cette fois-ci elle est moins vive et elle parait dorénavant occuper le sol en s'épanchant peu à peu telle la progression d'une brume.

Tu penses que ceci est tout à fait normal car comme te l'a expliqué feu ta grand-mère, dans les environs de tout cimetière il se dégage toujours ce genre de gaz bleuâtre qui provient des os des morts enterrés là.

Tu halètes et tu voudrais tellement rebrousser chemin car cette fois-ci tu as la preuve que ce n'est pas le bon chemin mais qu'est-ce qui te retient de faire marche arrière et de t'en aller prendre l'autre route au carrefour là-bas ?

Tu es là, hébété, à admirer le tableau de ce cimetière qu'éclaire maintenant tout à fait la lumière de tout à l'heure et tu te sens bien.

Tu es fatigué, ton cœur bat trop et atteint des sommets à ton sens. Tu regrettes de ne pas voir fait du sport tel que t'a toujours préconisé ton médecin

Tu t'oublies ! Tu oublies ta voiture et ta société de pétrole et ta famille et tes amis et tout et tout. Et tu es accaparé par la vision de ce spectacle grandiose à tes yeux, de ce cimetière implanté là et tu veux voir plus, beaucoup plus. Tu es irrémédiablement attiré par la parure et la beauté du décor, la lumière change de couleur et de lugubre l'endroit devient pour toi un plateau éclairé et si beau à voir.

La lumière se rétrécit, prend la forme d'une boule lumineuse puis s'approche de toi, enjôleuse, câline et envoûtante et tu acceptes son invitation....

Tu t'assoies sur le bord de la chaussée et tu te laisses aller. Tu penses que la vie a toujours le dernier mot car à force de changer les choses on en arrive bien un jour à voir changer son propre état et tu sens que tu vas assister cette fois-ci à un irrémédiable passage à une autre situation ! La lumière se métamorphose encore et devient tourbillonnement de soie et de duvet et son œil central si visible et si lointain t'attire, t'hypnotise et le doux maelström inoffensif accepte de te prendre en son doux et délectable sein.

Ta respiration s'accélère, tu ne sens plus le froid envahir ton bras ankylosé par le jerrican désormais tout au fond du fossé. Tu fermes les yeux pour ne plus voir le cimetière éclairé et les ténèbres qui l'entourent et tes yeux se rouvrent indépendamment de toi

Les sapeurs-pompiers sont arrivés trop tard et le constat du médecin de secours qui les accompagnait est sans appel : arrêt cardiaque !

29/ ANTINEA

Pour ceux qui pensent « Atlantide », hallucinés, cette femme fatale, séductrice dont les amants tombés sous son charme vénéneux se suicident ou se transforment en assassins, c'est la sulfureuse Antinéa du Tassili n'ajjer !
Elle dirige un royaume mystérieux où les âmes perdues, sujets soumis et capables, pour lui plaire, de bassesses et d'ignominies inouïes, sont légion.

Pour ceux qui pensent « Atlantide », l'outre-méditerranée fantasmatique circule librement dans leur imaginaire aussi démesuré que le Sahara lui-même : tentations, sensualité, proximité, convivialité, fraternité, mais aussi précarité et danger de l'inconnu, de l'autre(un thé à la menthe peut très bien être suivi d'une séquestration).Pour ceux-là, la féminité mystérieuse et exotique a pour eux un nom : Antinéa.

Syndrome de l'auto-flagellation, femme inaccessible que son mystère rend perverse, cette reine immortelle punit ceux qui l'aiment et les dévore comme une vulgaire mante religieuse (voir mon article sur la mante religieuse), et si elles survivent au châtiment, ses victimes s'auto-punissent en tuant ou en se tuant. Tout un programme !

Antinéa c'est le vertigineux attrait de la femme exotique dans l'immensité hostile, sous le soleil écrasant, au vent qui rend fou, doux mirages, dans l'absolu vide de règles et de lois !
Antinéa c'est ce symbole sexuel de la femme de l'autre côté, du côté conquis, qui est mise à nu pour la circonstance et le dessein s'est finalement avéré en une représentation au caractère pornographique exotique. Chimères !

En réalité cette reine immense qui a inspiré tant de faussetés aussi bien littéraires que cinématographiques (L'Atlantide, film se résume ainsi : la mystérieuse île d'Atlas, engloutie il y a 10 000 ans selon Platon, se trouve au cœur du Sahara : c'est une oasis, apparue quand la mer s'est brutalement retirée, sur laquelle règne une belle et cruelle descendante des Atlantes, la reine Antinéa.)

Cette reine absolue, qui serait en plus descendante de Neptune et elle-même déesse de je ne sais quoi, n'est ni plus ni moins que la reine berbère TIN-HINAN d'un grand royaume Targui du grand sud algérien situé, vers le 4eme siècle avant JC, à Abalessa Cet article veut exprimer mon devoir de respect de sa mémoire.
PS/ Mon voisin a une fille aussi belle que la lumière avec les mêmes yeux bleus ardents et le même beau visage que la reine et il l'a prénommée Tin-Hinan, je lui ai dit l'autre jour : Tu as une belle mante là...

Il n'a rien compris, il ne connait pas l'histoire de Tin-Hinan, Antinéa.

30/ ABBAYE D'AULNE (Wallonie)

Ce retraité du coté de Nantes a acheté une belle maison en campagne pour y vivre la dernière ligne droite de sa vie mais n'y habitant qu'avec sa seule femme il se sentait bien isolé du reste du monde, quelques mois après s'être établi dans sa nouvelle demeure. Dire qu'il a vécu toute sa vie en ville, en plein brouhaha.

Il a, en conséquence, de concert avec sa femme, décidé de revenir en ville y chercher quelque couple à héberger gratuitement et qui accepterait de vivre avec eux pour réduire ainsi la solitude. Le retraité vint comme par hasard dans un quartier que l'on dit sensible et y trouva exactement le couple de jeunes qu'il voulait rencontrer. Ce jeune couple justement de nos concitoyens de Bejouira, après avoir compris l'offre inespérée du vieux, ne put que se réjouir de l'aubaine.

-Justement, dit la jeune dame, nous avons du mal à joindre les deux bouts et à chaque fin de mois nous souffrons le martyr pour payer toutes nos charges, nous sommes, en outre, harcelés dans ce quartier et nous ne pouvons y vivre paisiblement : tous les problèmes du monde sont réunis dans cet endroit : drogue, débauche, violence, non droit...... Vous nous faites là un beau cadeau, et logés gratuitement en plus, rien que pour vous tenir compagnie. Avec mon mari, nous sommes preneurs et nous déménagerons dès que vous le voulez.

Aussitôt dit aussitôt fait : trois jours après cet entretien notre jeune couple Bejouirien du quartier sensible se retrouva dans un trois pièces meublé avec tout le confort voulu : la différence était flagrante par rapport au misérable studio qu'ils viennent de quitter.

Le retraité, encore actif et bien vigoureux, aime se donner la peine de travailler encore et encore et jouxtant la maison un étang naturel a été consolidé par des travaux qu'il a entrepris tout récemment. L'étang naturel a été agrandi, approfondi et agrémenté par des plantes en rapport. Des poissons d'eau douce ont même été lâchés dans le bassin et le vieux retraité s'en donnait à cœur joie de les engraisser. Il leur a donné des prénoms et aimait les voir ainsi nager et vivre dans son étang.

Le nouvel allocataire, lui, remarqua le manège et un beau jour passant par le rayon sport et pêche d'une grande surface en ville, il « s'offrit » une canne à pêche.
Une fenêtre de son appartement donnait droit sur l'étang et le soir en revenant du travail il s'adonnait à ......pêcher le poisson que son vieux bienfaiteur chérissait tant.
Un jour,

-Tu ne sens pas l'odeur de friture de poisson ? demanda la vieille à son retraité de mari qui courut vers l'étang !
-Où sont mes poissons, où est Antoine ? Où est Georges ?
Plus d'Antoine ni de Georges.......
Le retraité dépité, revint vers sa femme :
-Dis, les poissons disparaissent un à un......

Puis, forcément, le pot aux roses fut découvert et nos deux « loyaux, honnêtes, intègres » immigrés de concitoyens furent délogés et renvoyés peu après, laissant encore et encore une mauvaise image de nous tous.

Par la suite, l'hiver dernier, j'ai été en Wallonie (Belgique) et j'ai été enchanté par le décor des environs de la Sambre, du côté de l'Abbaye d'Aulne où j'ai élu domicile. Un propriétaire de péniche eut l'idée géniale d'utiliser son bateau pour faire un genre de mini croisière sur la Sambre de sorte à montrer aux touristes qui sont là dès que le soleil montre le bout de son nez, les charmes de la région.

Ce patron a eu la gentillesse de m'inviter à faire partie de ses passagers pour une de ses sorties, invitation que j'ai accepté de bon cœur. J'ai donc pris place sur le pont et j'eus le plaisir de faire la connaissance d'une famille qui m'entoura, intéressée par ce que racontais au sujet des divergences entre Wallons et Flamands.

La discussion cependant fut interrompue par le propriétaire de la péniche pour présenter la bienvenue à ses passagers et louer un peu l'escapade de son bateau en affirmant :
Messieurs dames, la croisière de mon bateau est unique sur la Sambre et est tellement connue que des personnes viennent de très loin pour en profiter ; je vous présente à cette occasion un monsieur qui vient de très loin, d'Algérie.

Je me levais par politesse et je me mis en devoir de saluer l'assistance. Lorsque je me rassois je constate que toute la famille qui discutait à bâtons rompus avec moi d'un sujet qui leur tenait à cœur avait changé subitement de position et se retourna carrément pour faire semblant de regarder des merveilles sur l'autre berge du fleuve que moi je ne voyais pas du tout !

J'avais compris le manège, il a fallu que le batelier exhibe mon identité Bejouirienne jusque-là cachée par mon physique de type Wisigoth pour que les membres de la famille d'un commun accord changent de position et se gardent jalousement et presque ouvertement de ne même plus regarder dans ma direction. Ils ne voulaient plus même continuer la conversation pour la seule raison qu'ils se sont rendu compte que j'étais Algérien.

J'avais aussitôt compris qu'un de mes concitoyens est sûrement passé par là et peut que cette famille a fait les frais, un jour, de ses agissements. Cette réaction chauvine, visiblement xénophobe de toute la famille m'avait fait très mal et la mini croisière a été pour moi un calvaire tant j'avais du mal à accuser le coup.

Mon poème en prose ci-dessous a été confectionné sans tenir compte de cette mauvaise aventure.

« Tôt ce matin, la Sambre est sombre, embrumée, silencieuse et sa quiétude n'est dérangée que par les plongeons des martins-pêcheurs matinaux dans leur pêche audacieuse, gênés seulement par les balades veules des cols verts oisifs et paresseux. La brume levée, la Sambre revit.

Elle est miroitante, scintillante, éclairée par ce soleil du nord doux et généreux. Le ciel est enfin clair et son azur profond, libéré désormais ose se répercuter sur les doux clapotis des eaux.

Des têtes blondes sont là, amassées sur les berges, aux terrasses des cafés. Têtes curieuses, synonymes d'altruisme et d'intelligence, de modestie et d'amour, de beauté et de regards emplis de philanthropie.

Le « Gavroche », péniche dirigée de main de maitre par Romain, 12 ans, déchire alors l'eau et trace un sillon sous l'œil aventurier des passagers de sa croisière, qui aspirent à déceler au détour d'une écluse, quelque secret caché.
Je remercie la Création de m'avoir permis de vivre cela
Abbaye d'Aulne le 6 avril 2009 »

31/ ZOUAVES ET ZOUAOUAS

Le Zouave est un soldat algérien, à l'origine Kabyle de la tribu des Zouaouas
(en kabyle : IGHAOUAOUEN) qui était déjà au service des Turcs pendant leur présence en Algérie. Les Zouaves s'enrôlèrent dans ce corps spécifique pour

subsister car les montagnes kabyles ne donnaient pas aisément à manger : pas d'agriculture ou si peu, pas d'usines, vendettas, épidémies, les temps, étaient bien durs et s'enrôler devenait une aubaine pour survivre. Pourra-t-on dès lors parler de légionnaires ?

Les Français, à leur arrivée en Algérie, étaient intéressés par la méthode turque d'enrôler des Zouaouas, résistants physiquement, stratèges intelligents, honnêtes, dignes et fiers. Ils créèrent les Tirailleurs algériens formés uniquement d'indigènes kabyles qu'ils appelèrent d'abord « les Turcos »
Le 1ᵉʳ Octobre 1830, le général Clauzel crée le corps des Zouaves composé de deux bataillons puis plus tard de deux escadrons à cheval intégrés en 1831 aux Chasseurs d'Afrique.

Les politiques de colonisation de l'Algérie n'étaient pas les mêmes selon les colonisateurs : les Arabes lorsqu'ils s'implantèrent au 7ᵉᵐᵉ siècle en Algérie usèrent de ruse en implantant partout des « Zaouias » et en chargeant les « marabouts » de répandre la bonne parole de l'Islam mais en même temps en occupant irrémédiablement les lieux, incrustant sournoisement leur civilisation. Les Turcs, ayant compris le système firent de même et créèrent de toutes pièces des familles entières de « marabouts par décret» dotées de vastes prérogatives, collecte des impôts entre autres, utilisant la méthode douce dans une main de fer, mais cette fois-ci non plus au service de la religion mais à la solde d'Ankara.

Les Français par contre, en 1830 n'ayant rien compris à cette façon sournoise d'occuper le terrain utilisèrent la force donc l'armée, donc les armes et créèrent des corps de combat dont celui des Zouaves, véritable chair à canon gratuite, entre autres.

L'uniforme des Zouaves était spécifique : veste kabyle bleu foncée bordée d'un galon garance, pantalon mauresque bouffi de couleur garance (rouge) froncé sous le genou et serré du jarret à la cheville par des jambières.

Petite parenthèse : Les Français qui avaient et ont toujours cette tendance à favoriser la langue arabe au détriment de tout ce qui est berbère appelaient la veste kabyle une veste arabe ou gandoura (alors que le mot même de gandoura est d'origine berbère, akandour) et le pantalon mauresque berbère de Maurétanie, un « pantalon arabe ou séroual » alors qu'il n'en était rien.

Les bataillons de Zouaves combattirent les turcs encore en Algérie après la colonisation des Français, en l'occurrence le Bey du Titteri et occupèrent rapidement Blida et Médéa sous le drapeau tricolore français. Leur premier succès eut lieu au Col de Mouzaia lorsqu'ils couvrirent la retraite de la garnison de Médéa
Un troisième bataillon fut crée en 1837 et les victoires se succédèrent : bataille de l'Ouarsenis (1842) Isly (1844)

Napoléon III porta les effectifs de trois bataillons à trois régiments et les Zouaves se distinguèrent encore plus par exemple en guerre de Crimée, à la bataille de l'Alma qui vit leur action de s'emparer de l'artillerie des Russes et de la retourner contre eux participer grandement à faire tourner la bataille en faveur des alliés. Puis vinrent les prouesses des batailles de Balaklava, d'Inkerman et la prise de la tour Malakoff.

Des succès encore bien plus retentissants virent le jour lors des Compagnes du second empire, lors de la Campagne d'Italie, lors de la guerre de Crimée, deux régiments participèrent à l'expédition du Mexique entre 1862 et 1867. Les quatre régiments de Zouaves participèrent aux opérations de maintien de l'ordre en Algérie et en Tunisie 1880 et 1890 puis à la pacification du Maroc (début du XXème siècle)

Les Zouaves combattirent également pendant la première guerre mondiale et s'illustrèrent dans plusieurs batailles et ce fut le protocole d'armistice de 1940 qui prévoit la dissolution de ce corps rendu célèbre par sa bravoure au service d'une France qui l'a utilisé comme chair à canon pendant tout un siècle et qui n'en parle même plus.

Les Zouaves n'ont jamais été des traitres à leur pays, ils ont subi les circonstances du colonialisme usurpateur et se sont engagés avec une bravoure reconnue dans des batailles qui ne les concernaient pas comme (il y a de quoi se tirer les cheveux) leurs descendants sont en train encore de nos jours de défendre inconsciemment, mais avec une fougue incroyable, d'autres colonialismes.

32/ ISABELLE EBERHARDT : UNE HARRAGA ?

Le général Lyautey a dit d'elle je le cite: « elle était ce qui m'attire le plus au monde : une réfractaire. Trouver quelqu'un qui est vraiment soi, qui est hors de tout préjugé, de toute inféodation, de tout cliché et qui passe à travers la vie, aussi libérée de tout que l'oiseau dans l'espace, quel régal ! »

Et moi aussi , fasciné par son parcours, leçon de vie, atypique, exceptionnel, par sa personnalité immense, je pense qu'elle est à aimer et à respecter pour son prodigieux tempérament, son courage et sa farouche volonté de parvenir à réaliser son noble vœu de vivre loin de ceux qu'elle a décidé de haïr, de rejeter pour lui avoir mené la vie dure dès son plus jeune âge, dès sa naissance même !

C'est une femme de celle qu'on appelle ici : aicha-r'gazz. C'est une femme avec un grand F

ISABELLE EBERHARDT (1877-1904) est suisse d'origine russe, française de nationalité par son mariage. Elle est née de mère russe exilée et de père inconnu et vient s'installer en Algérie (Bône d'abord en 1897).

Elle décide de vivre comme une musulmane et s'habille en homme bédouin. Après la mort de sa mère, elle vit plusieurs mois en nomade et rencontre Slimane Ehnni, indigène algérien français (à l'époque il n'y avait pas à avoir de carte de séjour) et sous-officier de spahi. Elle l'épouse en 1901 (après avoir été contrainte de quitter l'Algérie par les autorités coloniales en 1900), et obtient ainsi la nationalité française. Son mariage lui permet de revenir en Algérie, où elle collabore au journal *Akhbar*. Elle est envoyée à Ain-Sefra comme reporter de guerre pendant les troubles près de la frontière marocaine.

En novembre 1903, à Béni Ounif, elle fait la connaissance du général Lyautey qui apprécie sa compréhension de l'Afrique et son sens de la liberté. Le 21 octobre 1904, à Ain-Sefra, l'oued se transforme en torrent furieux et la ville basse, où elle résidait seulement depuis la veille, est en partie submergée. Slimane est retrouvé vivant, mais Isabelle, affaiblie par le paludisme, n'avait pas pu fuir.

Ses récits ont été publiés après sa mort et présentent la réalité quotidienne de la société algérienne au temps de la colonisation française.

Ses carnets de voyage et ses *journaliers* rassemblent ses impressions de voyage nomade dans le Sahara.

« Moi, à qui le paisible bonheur dans une ville d'Europe ne suffira jamais, j'ai conçu le projet hardi, pour moi réalisable, de m'établir au désert et d'y chercher à la fois la paix et les aventures, choses conciliables avec mon étrange nature»

«Nomade j'étais, quand toute petite je rêvais en regardant les routes, nomade je resterais toute ma vie, amoureuse des horizons changeants, des lointains encore inexplorés.»

«... Peu importeraient la misère, réelle maintenant, et la vie cloîtrée parmi les femmes arabes... Bénie serait même la dépendance absolue où je me trouve désormais vis-à-vis de Slimane - qu'elle appelle Rouh' – (mon âme)... Mais ce qui me torture et me rend la vie à peine supportable, c'est la séparation d'avec lui et l'amère tristesse de ne pouvoir le voir que rarement, quelques instants furtifs... ».

Isabelle Eberhardt - *"Lettres et journaliers".*

En fait, ISABELLE EBERHARD voulait changer sa façon de vivre, elle voulait fuir les monstres qui ont entouré sa jeunesse et son éducation, ses parents même, les voisins et tous les autres qu'elle taxe dans son for intérieur de possibles malfaiteurs, d'ignobles scélérats bien qu'inconnus, anonymes.

Son père lui-même n'a pas voulu la reconnaître comme sa fille car née à une période d'absence de ce dernier du foyer familial ; c'est dire que la suspicion et les calculs bas régnaient autour d'elle déjà à sa naissance !

Ses trois autres demi-frères sont nés d'une relation libertaire de sa mère qui a pris à son premier mari et sa dignité et sa fortune pour la mettre à disposition de son amant qui allait devenir son compagnon, le gestionnaire des biens qui lui sont ainsi tombés du ciel et le père d'Isabelle.

En décidant d'aller vivre dans le désert elle a surtout aspiré à aller à la rencontre de la salubrité morale, de la sagesse, de l'éthique dans les relations sociales, elle a pensé donner rendez-vous à la béatitude, au bonheur !

Est-elle parvenue à cela en vivant sept années de rebondissements, de mauvais coups d'attentats contre sa propre personne (attentat d'El Oued, Behima), de maladie(paludisme), de rejet de la part des autorités françaises qui la considéraient comme une espionne au service de la reine d'Angleterre, de la suspicion et de la méfiance des indigènes qui voyaient en elle un agent des services français…

....

A présent les aspirations qui étaient celle d'Isabelle EBERHARDT ont changé de camp et ce sont de jeunes demoiselles d'ici qui mettent en avant leur courage et leur innocence pour faire le chemin inverse bravant les dangers d'une chaloupe traversant la Méditerranée et mettant leurs charmes au service de proxénètes ou souteneurs avérés dans les grandes villes d'Europe et en faisant ainsi le trottoir.

Le mois dernier, à Marseille (Cannebière), j'ai vu une belle jeune algéroise, la tête ensanglantée, entre les bras de deux policières françaises qui l'ont sauvée in extrémis d'un massacre certain à la barre de fer, pour peut-être avoir refusé de « travailler » plus que de raison !

Le même mois, dans la même ville, une autre « brunette » s'est vue proposer la somme de 900 euros pour une passe. A peine arrivée du bled, elle pensait avoir gagné le gros lot. Violée puis labourée de coups de couteau, la villa dans laquelle elle s'est fait conduire s'est avéré être sa tombe !

Et d'autres encore, tentent tous les jours de rejoindre l'eldorado d'en face : des « harragas » au féminin.

Isabelle EBERHARDT, reviens, s'il te plait, faire comprendre à ces jeunes filles, ce que femme veut dire !

33/ QUARANTE JOURS APRÈS

Quarante jours, après....

Le quarantième jour après la mort, le quarantième jour après la naissance, les quarante jours de carême et j'en passe.... que représente donc ce symbole qu'est le quarantième jour à travers les âges et chez moi à Bejouira ?

Ainsi en Kabylie, depuis des lustres, existe un rituel, une cérémonie importante qui se pratique même de nos jours et qui consiste à célébrer le quarantième jour de la naissance d'un enfant.

Cette cérémonie permet de faire connaître le nouveau-né à toute la communauté en le présentant à tous les proches et voisins, pourvu pour la circonstance de ses plus beaux habits neufs.

L'autre but de l'organisation de cette fête est aussi de faire découvrir tous les membres de la communauté au bébé lui-même car on pense qu'au quarantième jour ce dernier est sensé ouvrir les yeux pour désormais s'en servir et surtout mettre en route sa mémoire de sorte à ce qu'il reconnaisse pour la première fois ses propres parents, les voisins et les autres.

Selon les farouches défenseurs de cette coutume, la femme kabyle en l'occurrence, gardienne des traditions et sans qui ce peuple kabyle aurait disparu depuis longtemps, il faut mettre à profit cette fameuse journée pour éloigner le spectre de la maladie et aussi des mauvais esprits qui pourront altérer l'avenir de l'enfant.
On prépare donc le henné et c'est en général la mamy qui s'occupe d'enduire légèrement les mains, les pieds puis le front du bébé. Pendant qu'elle étale la pâte de henné, la mamy procède à réciter des prières et des sollicitations pour un bon avenir

et de bonnes résolutions au bébé et à sa famille. « Thahrirt », un plat à base de semoule, de sucre et d'huile d'olive remplace parfois les traditionnelles crêpes distribuées à tous les voisins, maison par maison.

Dans une assiette en terre cuite est étalée la pâte et au milieu de celle-ci on creuse une fontaine qu'on remplit d'huile d'olive. Le bébé de quarante jours est ensuite penché la tête en avant jusqu'à presque toucher de son nez la flaque d'huile qui devient ainsi pour lui un miroir, le premier reflet de sa vie mais le but de l'opération étant la satisfaction symbolique de son appétit.

Les Kabyles sont en majorité musulmans et pourtant cette cérémonie n'existe pas à ma connaissance chez les Arabes porteurs de la foi musulmane chez eux, cela laisserait entendre que cette cérémonie du quarantième jour après la naissance d'un enfant n'est pas d'origine musulmane mais antérieure à la venue de l'islam en Kabylie. On sait par ailleurs que l'Ascension de Jésus eut lieu au 40ème jour après Pâques et on sait aussi que Jésus fut présenté à l'église au quarantième jour de sa naissance d'où la commémoration actuelle de la chandeleur ou du quarantième jour après Noel. A cette occasion on allume des cierges dans l'église et on prépare les crêpes en famille de même que les kabyles les préparent à l'occasion du quarantième jour.

Cette même cérémonie qui est pratiquée de nos jours aussi bien par des Kabyles musulmans que par les Chrétiens de tous les continents est-elle d'origine chrétienne ? Non ! En réalité cette fête est d'origine païenne. Elle a été instaurée par la Rome antique, s'appelait la fête de l'expiation et de la purification et avait lieu à la mi-février. La date fut ensuite déplacée au 2 février, 40eme jour après Noel. Parallèlement, une loi juive ancienne, en relation, exige la purification rituelle de toute mère d'un enfant mâle au Temple, quarante jours après la naissance.

Cette cérémonie kabyle et d'autres encore bien présentes dans les coutumes, telles que les visites aux mausolées des saints, l'entrée des femmes dans un cimetière au moment de l'enterrement, ou l'application du signe de croix sur la poitrine du bébé lorsque sa maman l'enveloppe dans les langes par exemple, sont absolument considérés par l'islam comme prohibées (chirk) mais les traditions sont tellement ancrées qu'elles sont difficiles à chasser même par une religion aussi fortement implantée.

Alors, en dehors du faite que l'islamisation des kabyles n'est apparemment pas aussi totalement acquise, il faut se poser la question : est-ce que les Kabyles ont donné leurs rites anciens au christianisme ou est-ce le christianisme qui a évangélisé les Kabyles, jusqu'à leur islamisation récente (7eme siècle après JC)
40 est un nombre symbolique

Le déluge selon la bible dura 40 jours et 40 nuits

Moise, Moussa s'est retiré dans la montagne pendant 40 jours et 40 nuits sans manger ni boire pour recueillir les tables de paroles

Quel rapport existe-t-il entre la considération vis-à-vis du nombre 40 en Kabylie et sa signification pharaonique sachant que la civilisation des pharaons égyptiens est partie d'ici ?

Que de questionnements !..........

34/ LANGUE CAPSIENNE ET MER CASPIENNE QUEL RAPPORT?

La langue capsienne n'est ni plus ni moins que le berbère parlé actuellement dans toute Thamazgha.

Et l'histoire est là pour rappeler que la civilisation berbère ne date pas d'hier. En fait, ceux qui parlaient et qui parlent encore la langue capsienne, loin d'appartenir à l'orient même s'ils ont adopté la religion islamique sont issus de la civilisation capsienne, ancêtre des berbères. La civilisation capsienne est apparue, bien avant Cham et Canaan, c'est-à-dire, avec la révolution du néolithique entre 9000 et 7500 avant J.-C.

Peu de choses sont connues de la religion des capsiens (berbères de l'époque) mais leurs pratiques funéraires consistaient à enterrer leurs défunts sous un monticule de pierres qu'ils ornaient de peintures figuratives et cela suggèrerait que les capsiens croyaient déjà en un dieu unique et aussi en une vie après la mort. Leurs tombes étaient ainsi construites pour une raison religieuse : l'âme pouvait communiquer avec son créateur par le biais d'un creux allant du haut de la tombe jusqu'au lieu où repose le défunt. Un rai de lumière qui passait du bout du monticule jusqu'au lieu funéraire permettait ainsi la communication vers le ciel, donc vers le créateur. Ces tombes monticules sont encore visibles aux Iles Canaries sous forme de pyramides de petit format et sont les ancêtres des pyramides des pharaons d'Égypte dont la civilisation est inspirée en tout point de vue de la civilisation capsienne. Les techniques de momification des morts existaient déjà et étaient pratiquées par les Capsiens avant d'être reprises par les pharaons.

Actuellement, nous assistons à la résistance héroïque de cette langue capsienne millénaire face aux divers courants colonisateurs anciens et nouveaux mais le plus grand danger de la voir disparaitre à tout jamais provient des siens propres qui trouvent un malin plaisir à jouer le jeu de ceux qui veulent sa disparition en déformant son histoire et à la réduisant peu à peu à néant. Quant au rapport entre langue capsienne et mer caspienne, il est, à ma connaissance, tout à fait nul.

35/ AU RAPPORT

Au sein d'une association caritative le trésorier réagit devant son conseil exécutif lors d'une assemblée générale qui lui somme de s'expliquer sur les dépenses excessives :

« -Ça ne sert à rien de faire des activités pour les vieux puisqu'ils sont inactifs.
-Depuis que nous avons acheté un ordinateur, y'a plus moyen de trafiquer les papiers comme vous faisiez avant.

-Le président de l'association est une vraie mafia à lui tout seul.
-Mes taxes elles servent des feux d'artifice au 19 mars.
-Votre président dépense beaucoup et à part discuter le coup avec des verres de vin rouge, il n'a rien d'autre à foutre. Mes impôts pour l'association, j'aimerais bien les voir dans les trous de la route et pas dans sa poche.

-Le cimetière à notre charge est dans un état lamentable et tous ceux qui y habitent pensent comme moi. D'ailleurs, si les morts votaient c'est sûr que notre président serait battu à force de s'en foutre du cimetière.

-Je suis sûr que le président se touche les dessous de table et je lui ai dit l'autre fois : de deux choses l'une : ou c'est comme ça ......ou ce n'est pas autrement

-Les membres du bureau doivent m'aider, je ne leur demande pas de faire grand-chose sauf d'en faire beaucoup.

-Dans cette association vous êtes des moins que rien, pour ne pas dire plus.

-Vous êtes le président de l'association, c'est à dire comme le Président de la République; moi, à votre place, je m'occuperai un peu plus gentiment de toutes les femmes du quartier qui n'ont pas d'hommes à se mettre sous la main.

-La responsabilité de tous les accidentés que nous avons aidé n'est pas pour moi mais pour les routes où ils circulent et qui ne sont pas en état de conduire...

-J'ai toujours voté pour le président comme il fallait, c'est à dire pour celui qui a été élu.

-Pour terminer, j'ai compris que la banque n'est pas sérieuse et j'ai été leur dire deux mots :
-Je me suis rendu compte qu'un certain monsieur est entrain de retirer à sa guise de sommes du compte de mon association.
Le directeur de la banque m'a répondu:
-Comment pouvez-vous dire ça, c'est impossible.
Je lui ai répondu, preuve à la main :
-Si, regardez ce relevé de compte semestriel que j'ai demandé au guichet :

Retrait montant x = agios
Retrait montant y = agios
Et ce monsieur AGIO qui fait des retraits doit être sûrement Italien.

36/ GRINOUV'

Si Ahmed, à Grinouv'(Grenoble), a juré de mettre les choses au clair avec son nouveau médecin. En fait, depuis sa venue de Kabylie, dans les années cinquante et son installation ici il ne s'est point ménagé et a travaillé comme un nègre pour que l'hôtel qu'il a acheté avec sa femme tienne bien la route. Résultat de cet acharnement au travail : sa santé est devenue bien précaire. Comparativement aux gars de son âge restés, eux, en Kabylie, il parait si vieux : il sait que l'air des montagnes Kabyles et la consommation à outrance d'huile d'olive y sont pour quelque chose.

Et Madeleine, sa femme aussi y est pour quelque chose : elle l'a tellement toujours empiffré de mets si gras ! Ajoutons à cela, le tabac, la consommation régulière, voire parfois excessive d'alcool, le poids des ans et le résultat est là bien visible ! Après plusieurs visites et des tests de laboratoire, Son nouveau médecin lui dit comme pour le consoler : Vous n'êtes "pas pire" pour votre âge ! Comment ça : Pas pire ? Répondit-il.

Cette remarque au lieu de le soulager, poussa Si Ahmed à être plutôt pessimiste et à demander au médecin : Pensez-vous que je vais vivre longtemps, jusqu'à 80 ans par exemple ? Le médecin, dossier entre les mains :
-Depuis combien de temps avez –vous cessé de fumer ?

-Une année, à peine.

-Buvez-vous toujours de la bière ou du vin?

-Ben oui, ma femme dit que c'est plutôt bon pour la santé !

-Vous avez le cholestérol, vous êtes hypertendu et vous avez subi une ablation de la prostate ?

-Je sais pour le cholestérol et la tension. Quant à l'intervention chirurgicale, je l'ai subie il y a de cela deux ou trois ans.
-Mangez-vous des steaks ou des côtes sur barbecue ?

-Non mon ancien médecin m'a déconseillé les viandes rouges.

-Passez-vous beaucoup de temps au soleil ?

-Mes yeux ne me permettent pas.

-Jouez-vous au golf ? Faites-vous de la voile ? De la randonnée ? Du vélo? Conduisez-vous votre voiture rapidement jusqu'à vous griser de vitesse ?

-Je ne peux rien faire de tout ça !

-Avez-vous des rapports sexuels fréquents ?

-Je vous ai dit : la prostate ….

Le médecin regarda alors Si Ahmed bien dans les yeux et lui dit :
—   Dites donc, Si Ahmed, à quoi cela peut bien vous servir alors de vivre jusqu'à quatre-vingt ans ?

www.ingramcontent.com/pod-product-compliance
Lightning Source LLC
Chambersburg PA
CBHW030553030726
47495CB00004B/1241